并非闹剧

王昕朋◎著

中国言实出版社

图书在版编目(CIP)数据

并非闹剧 / 王昕朋著. -- 北京：中国言实出版社，
2013.12
 ISBN 978-7-5171-0412-4

 Ⅰ.①并… Ⅱ.①王… Ⅲ.①中篇小说－小说集－中
国－当代 Ⅳ.①I247.5

 中国版本图书馆 CIP 数据核字(2014)第 031651 号

责任编辑：王　宁

出版发行	中国言实出版社
	地　　址：北京市朝阳区北苑路 180 号加利大厦 5 号楼 105 室
	邮　编：100101
	编辑部：北京市西城区百万庄大街甲 16 号五层
	邮　编：100037
	电　话：64924853（总编室）64924716（发行部）
	网　址：www.zgyscbs.cn
	E-mail：zgyscbs@263.net
经　　销	新华书店
印　　刷	三河市祥达印刷包装有限公司
版　　次	2014 年 4 月第 1 版　2014 年 4 月第 1 次印刷
开　　本	690 毫米×930 毫米　1/16　印张 11.25
字　　数	124 千字
定　　价	25.00 元　　ISBN 978-7-5171-0412-4

目录

并非闹剧

一

偏僻的张沟村突然热闹起来。

县委来了一位副书记。这位副书记是个女的，戴着一副宽边黑框的眼镜，村里人私下称她为"四眼书记"。实话实说这外号的发明者是我。那年我刚满九岁，在张沟村小上二年级。

"四眼书记"带了一支浩荡的队伍，光小车就有十几辆。不过张沟村通往山外的路不好走，要在山上盘五六个弯不说，前几天下暴雨，造成了多处塌方，有的地方过不了车。"四眼书记"带的长长的车队只能停在村外的半山腰上。她带着一行人艰难地跋涉了半个多小时才到张沟村。村口的老槐树下有一盘石磨，是过去生产队用来磨面用的。石磨好久没用了，上边铺了一层厚厚的尘土，鸡屎狗屎驴屎蛋子从尘土中露出不易发觉的小尖尖。"四眼书记"可能是太累了，连擦也没擦就一屁股坐在石磨上，使个劲儿地用手绢扇着风，上气不接下气地说，这地方真够偏的！

那时候矿泉水还没风行开，饮料就更不用说了。领导的车上一般都放着热水瓶。领导下企业或农村视察，一下车秘书必然会端着泡着茶的保温杯跟上。所以，在一群人中，哪个人身边跟着个胳肢窝里挟着公文包，手里端着保温杯的，那个人就是领导，而胳肢窝挟着公文包，手里端着保温杯的人肯定是领导秘书。"四眼书记"的秘书赶忙把保温杯递上。可能是秘书太大意，没有事先测一下保温杯里茶水的温度，"四眼书记"刚喝到嘴里，马上喷了出来，秘书的头发稍上、脸上马上像淋了雨，往下掉水珠。"四眼书记"皱了皱眉头，用严厉的目光看了秘书一眼。后来张梦富爷爷对我形容说，秘书吓得不轻，我看他的脸就像张白纸……

好在"四眼书记"在大庭广众面前保持了"领导风度"，没有接着追究。她转过脸，问前来迎接的张沟村支书张梦富，你们没接到乡里的通知啊？

张梦富是在山上的红芋地里翻秧时被村会计叫回来的。他穿着一件圆领衫，裤腿卷到膝盖上边，腿肚子上全是又稀又黄的泥巴，左手拎着破了几个洞的解放鞋，右手还拿着翻红芋秧子的白蜡棍。他习惯地蹲在地上，说话时也不抬头。因为不清楚"四眼书记"问他这句话是责怪他没到村外迎接，还是嫌他衣冠不整，所以，他吭哧一会没有回答。陪同"四眼书记"前来的刘乡长有点不高兴了，瞪了张梦富一眼，跺了一下右脚。张梦富后来给我说过，那个刘乡长一着急上火就跺脚，跺右脚说明急了，跺完右脚再跺左脚说明十分着急，还会伴着骂人的脏话。不过，他当时没有对张梦富发火，在县领导面前发火，是没有能力的表现，刘乡长懂得这一点。他递给张梦富一支烟。张梦富把鞋放在地上，在裤子上擦了擦手上的泥巴才接过烟。刘乡长说昨天就通知过了，我打电话到村里没人接，又专门派人过来送的信。他问张梦富，老张，是不是啊！张梦富连忙点头，是，是。信是收到了，可这几天下雨，红芋秧子疯长，不翻一翻就会跟红芋争口……他的话还没说完，就被"四眼书记"打断了。"四眼书记"说我是问你们收到了乡里的信后做了哪些准备工作？

张梦富愣了一下，看看刘乡长，又看看村会计，一时茫然不知所措。乡里通知时只说县里要来人，没说让做什么准备。过去，每逢上边来人村里总要搞点形式，比如在村口拉一条横幅，上面写上"欢迎上级领导来张沟村视察"。这几年上级领导很少有人来张沟村，来的不是计划生育专业工作队的，就是催卖余粮和收农业税的，一进村就挨家挨户跑，然后匆忙回去交差。那条红布横幅随着来人从事的工作内容不断变换，全是些标语口号，而且有的很吓人。计划生育的口号就写过"对违反计划生育的人要做到五不：上吊不夺绳，喝药不抢瓶，跳河不拦路，发疯不送医，没粮不救济"，意思是死了活该。这条用了十几年的红布横幅，前年被几个妇女扯了分了，拿回家给小孩改裤兜用。还有就是在村委会门口的空地上临时搭个土台子，放张桌子，桌子上再放只暖壶和几只碗，供领导发表"重要讲话"。因为每回上边来的人都要发表"重要讲话"，有的领导特能讲，从太阳一杆高能讲到过午。有的老百姓称讲台为"炮台"，意思是说领导嗓门儿高，讲话调子高，口号喊得响，但落不到实处，像放空炮。后来，村委会门口的空地批给了几户村民盖房子，讲坛也无处安放了。所以，张梦富接到通知，不光是没想过还要做什么样的准备，就是做准备也没条件。巧妇难做无米之炊！

刘乡长大概是不想让"四眼书记"误会，指着张梦富又问了一句，你们村就没开个大会传达一下？

张梦富老老实实地回答说传达个球！能蹦能跳的没几个搁家里，都出去打工挣钱了，这你又不是不知道。

我到省城上大学那年，张梦富爷爷到省城看病。整个张沟村就我一个在省城的，所以"接待"他的"光荣任务"就落到我的肩头。我陪他到医院排队挂号，为他取药，到了晚上他就住在我的宿舍里。他给我讲过他当村支书几十年中发生的一些难忘的事情。他说六十年代和七十年代，传达上边的精神就是开社员大会。一敲钟或者是大喇叭里吼一嗓子，人就到齐了。你不来开会没有工分。那时候工分和口粮绑在一起，你工分少到年底分得口粮自然少。到了二十世纪八十年代和九十年代，土地承包了，村民不用计工分了，也不用吃集体的粮了，招呼人就难了。一般情况下，乡干部到县里开会还比较正规。比如计划生育工作，县里开会时书记、县长、分管副书记、副县长，有时还请来市计生委领导，加上县计生委主任都要发表重要讲话，从基本国策、重要意义，一直讲到各个乡镇具体任务，然后分配"人流"、"结扎"指标，一般来说会议要开两到三天。第一天报到，第二天上午开幕，领导作重要讲话，下午分组讨论，第三天上午总结……到了乡里传达布置时，把村干部招呼到乡里吃喝一顿，一二三四说几条，临了乡长借着几分酒意说，老少爷们这事就拜托各位了。丑话说前边，计划生育是"一票否决"，干不好上级会摘我的乌纱帽，那我先摘了你们的乌纱帽……村干部回到村里，开大会招呼不起来，就把几个村民组长找来喝小酒，临末了就简单明了一句话，结扎！哪个狗日的完不成指标，就自己躺手术台上把自己的家伙扎了。

张梦富挤巴挤巴眼睛，你刘乡长只通知说县里来人，也没说来几个人，我派饭都没得办法。

"四眼书记"已经从张梦富颓丧的表情中看出了结果。她温和地笑了笑，张支书您不要难为情。我这次和十几个部门的领导一起来张沟村，就是帮你们做准备工作的。她没想到这句话让张梦富更是丈二和尚摸不着头脑了。张沟村有什么大事还需要县领导帮着准备？他在张沟村生活了50多年，当村干部也有30多年，"四眼书记"是他见过的来张沟村为数不多的大官之一。他爷爷他大大给他讲过，北京某某部的部长、某某省的省长当年在张沟村打过游击。那都什么年代了，而且他们那时候也就是个游击队员。他刚当大队民兵营长那年，来了一个大官，是穿军装的，军区的副司令。副司令在张沟村开了个动员会，还作了"重要讲话"，说伟大领袖号召要准备打仗。你们是抗日老根据地，解放战争时又是兵工厂、野战医院的基地，群众觉悟高，要"发扬革命传统，争取更大光荣"，带头搞好备战。说不定哪天打起仗来，根据地还放在你们张沟村。副司令走后，张梦富带着民兵夜以继日撅着屁股挖地道，半个村子都掏空了，只是后来并没见打仗。现在村里的孩子见来了很多陌生人，好奇地跑来看热闹。

听"四眼书记"说准备两个字，他的心一下子紧张起来，迟疑了一会才问，又要准备打仗啊，是不是小日本又张牙舞爪了？

他的话把陪"四眼书记"同来的人都逗笑了。村里的孩子见来了很多陌生人，好奇地跑来看热闹。孩子个子小，都挤在里边。有两个男孩听张梦富一说，撒腿就向村里跑，一边跑一边扯着嗓子叫要打仗了，要打仗了！那两个男孩中的一个就是我。

刹那间，张沟村一片混乱，辟里咔嚓开门关门的声音，稀哩哗啦搬东西的声音，惊慌失措的女人叫骂的声音，受了惊吓的孩子哭叫的声音，以及受了人的感染的鸡飞狗跳的声音夹杂一起，汇成一曲山村杂乱无章的交响乐。不一会儿，村街上就出现了几个背着大包小包的妇女，一边挨着墙跟慌张地向后山方向走，一边嘀咕着向村口张望。张梦富早已急了，对他们招着手喊，回来，没仗打！

我至今清楚记得我妈当时用鞋底狠狠地打了我的屁股，骂我嚼舌头根。我把这仇记在了"四眼书记"身上。

一个胆大点儿的年轻妇女高声问道，你们是拍电影的吧？给不给误工费？不给误工费可不给你干。

"四眼书记"皱了皱眉头。她的目光和张梦富的目光相遇时，又冲张梦富宽厚地笑笑。"四眼书记"人长得很耐看，笑起来更好看。刘乡长对上级领导的意图心领神会，埋怨地说这儿村民素质太低。他低声给"四眼书记"嘀咕，这村不适合做典型，要不咱换个典型？

"四眼书记"不高兴了，够不够典型不是你说了算也不是我说了算。张沟村是首长点名要看的点。你我的任务是把典型培养好，打造好。说完，她让张梦富带着去村里看看。张梦富站起来后，看见"四眼书记"的裤子屁股上沾了一根麦秸，就像长了根小尾巴，忍俊不禁笑了一声。刘乡长朝他屁股上踢了一脚。

"四眼书记"问张梦富，你们张沟村过去不归咱县管啊？

张梦富不知"四眼书记"问话是什么意思。老老实实地把张沟村几次调整区划的事向她说了一遍。张沟村位于三省四县交界处，一直有"鸡鸣闻三省"之称。从民国时期起，曾三次调整区划，分别归属过三个省。"四眼书记"听后恍然大悟，怪不得一开始是邻省在找张沟村，找来找去找不到，最后在咱们省找到的。

村里混乱的局面已经解除，不少村民纷纷走出家门，用各种各样的目光看着"四眼书记"带的队伍，不时有人向张梦富甩过来一两个问题。这个问，梦富大爷，是不是要搞运动了？这回来了恁多人？有的说，张支书你这回眼睛睁大点，别让人又给你多报几只鸡几瓶酒钱。张梦富一边点头，一边嗯啊地应着，不时向人们挥手，示意他们回自己屋里去。有的村民刚从地里回来，端着饭碗在自家门口蹲着吃，见张梦富带着客人过来，站起来热情地打招呼。"四眼书记"也不时冲村民微笑。有个老太太指着"四眼书记"夸奖说，这妮子长得真俊。"四眼书记"懂得当地人称的妮子就是小姑娘，心里像喝了蜂蜜一样甜滋滋的，对张梦富说你们这儿的老百姓很纯朴，很热情。

"四眼书记"带的队伍走到一个十字路口时，突然传来一个女人歇斯底里的叫骂声，哪个万人操的把俺家的车轮胎放了气，看俺家小孩他爸回来不剁了你！随着叫骂声，一个敞胸露怀的女人出现在"四眼书记"一行人的视线中。那个女人50开外，身材肥胖，站在村街上手舞足蹈好像发了疯一样。张梦富见"四眼书记"脸上晴转多云，眉头也皱了起来，赶紧一溜小跑到了那个女人面前。他不知给那女人说了几句什么话，那个女人伸手去抓他，他转身就跑。那个女人脱下鞋子朝他扔过去，张梦富你别拿鸡毛当令箭吓唬老娘，老娘不吃你这一套。什么鸡巴书记乡长。他管天管地能管老娘屙屎放屁？他要不愿听老娘骂街，就给老娘换个新车胎！

"四眼书记"看见那个骂街的女人身后是座三层的小楼，红砖红瓦，造型也有点儿别致。小楼四周是个小院，院墙是白灰抹的，上边爬满了瓜秧一类的绿色植物，显得生机勃勃。她的眼睛一亮，这是谁家？刘乡长赶紧回答说是张梦仁家。"四眼书记"问张梦仁是做啥的，你们村干部吗，怎么全村就他家的房子好？刘乡长说张梦仁是我们乡第一个百万富翁，全县的致富先进典型。他主要从事农产品经纪和物流配送。

村会计说过去叫"投机倒把"。这孙子贼有钱！

"四眼书记"沉吟了片刻。她旁边的农业局长补充说张梦仁在咱县也是数一数二的农产品经销大户，光跑长途的运输车就有20多辆。"四眼书记"想了想，说，我见过这个人，去年表彰大会上是我给他颁的奖状奖杯。挺随和的一位大叔，喜欢笑。说完又问那个女人是谁？狼狈跑回来的张梦富回答说是张梦仁的媳妇"老套筒子"！

"四眼书记"没听明白，百家姓里还有姓老的？

村会计抢着回答：有，有，老子不就姓老吗？他的话招来一片嘲笑。

张梦富给"四眼书记"解释说，"老套筒子"是当地人对过去打猎人用的火药枪的别称，那种枪装上火药，一点火就着。"四眼书记"

这回听明白了，那种枪是不是容易走火，用来比喻人就是说人的火气大？张梦富连连点头，是那意思，是那意思。这个"老套筒子"一句话不投机就骂大街。

刘乡长生气地说，还是张沟村民老实。要是搁在别的村，村民早告她污染听力环境罪了。

"四眼书记"坚持要到张梦仁家看看。张梦富劝她不要去，那个"老套筒子"可不是个玩艺，一句话不对她的脾气，她天王老子都敢骂敢打！

"四眼书记"冷冷一笑，我什么大风大浪没见过，还怕一个农妇？说着朝张梦仁家走，随行的县部门领导和刘乡长一行人紧张了，紧紧护卫在她的周围。

张梦仁的媳妇一看来人的架式，马上明白果真有领导来了，心里有点儿发怵，但在很多双熟悉的村民眼皮底下又不愿装孬，就依在门框上，一幅无所谓的样子。

你好，你是张梦仁同志的家属吧？"四眼书记"满面微笑地伸出手，想和"老套筒子"握手。

"老套筒子"翻了翻眼皮，看了"四眼书记"一眼。我是张梦仁的老婆，你是谁，和他什么关系，你们在哪认识的？

刘乡长上前一步喝令"老套筒子"住嘴。他说这是咱县的县委副书记，你说话客气点！

"老套筒子"不以为然地抹了抹嘴唇，县委副书记有多大权？我家男人在外边搞破鞋你能管了吗？

刘乡长看了张梦富一眼。张梦富缩着头站在后边，看样子是不敢惹"老套筒子"。好在随行人员有公安局的同志，他朝"四眼书记"前边一站，对"老套筒子"严厉地说，书记是来视察工作的。你们家的狗扯蛋事找你们村上，村里管不了再找乡上。

"老套筒子"鼻子哼哧一声，张梦富他狗屁事也管不了。你们看看俺村学校的房子都要塌了，他能弄来一分钱买一砖一瓦？

"四眼书记"朝前走了，其他人跟着她往前走。刘乡长和张梦富走在一起，低声对张梦富念叨一句，这种熊娘们，换我早休了她！张梦仁不知咋撑得？

"四眼书记"在张沟村转了大半天，临走前在村头开了个碰头会。张沟村村委会的房子由于长期无人办公，更没有人修缮，前几天下大雨时屋顶被淋塌了。"四眼书记"第一个要求就是把村委会的房子修好，费用由县乡两级拨付。她对组织部的同志说，你们把那些先进村党支部的一些东西尽快搬过来，好好布置布置，像党员之家，支部工作目标责任制等等。然后，她问大家的意见。

有人说张沟村的农业还是不错的，庄稼长得好，果树也长得好，人勤地勤，是个老农业先进，就是水利设施毁坏严重，这大雨过去几天了，有的地里水还没排出去。"四眼书记"说这是农业局的事。你们农业局想办法解决。如果农业方面出了问题，你们局长向书记、县长两个一把手检讨去。

有人说张沟四个自然村太分散，自然村与自然村之间的路不好走。"四眼书记"说这是交通局的事情，交通局想办法，不在这里研究了。

最后，"四眼书记"又问张梦富有啥意见。张梦富虽然到此为止还不知县委副书记等人到张沟村来要做什么。但是他毕竟也有多年农村工作经验，朦胧意识到是好事。他说，刚才"老套筒子"已替俺说了，俺村小学校是危房，万一再来场大雨，那些娃娃……他的声音哽咽了，能不能给俺村盖个学校？他说这话时眼睛一直盯着刘乡长的脸。他没有把几次找乡政府协调村小学改造，挨了刘乡长几次训斥的事说出来。

　　会场上一阵沉默。刘乡长看县里来的同志包括"四眼书记"有些为难，就对张梦富说，眼下都要钱，哪个急先用，等领导来时，你让学生放假，就说学校是过去生产队的养猪圈！

　　刘乡长的话激怒了张梦富。他红着脸，严厉地说，刘乡长你说话不怕闪了舌头跟啊！上级早就说过再苦不能苦教育，再难不能难孩子。你这当乡长的把娃娃们上学的地方说成猪圈，老少爷们知道了还不跟你玩命！

　　刘乡长知道自己说错了，正要分辩，被"四眼书记"制止了。"四眼书记"说这事也不难为你们乡政府。你们乡是个穷乡，办教育的负担够重的了。这样吧，县里给10万，老张支书你们发动村民自力更生，争取一个月内把学校建好。

　　张梦富忙不迭地点头，连说了三个管、管、管！他毕竟做了30多年村干部，到这时心里明白了，张沟村要来大领导视察，"四眼书记"这一行人是来找问题，然后想办法把问题解决，说白了是来送钱的。这是个好事。不要白不要，能多要就多要。他接着又提出了村通往乡的道路问题，农用电问题，建蔬菜大棚的投资问题、通广播电视问题，总之提了一大堆问题，说了一大堆困难。这期间刘乡长几次跺右脚，直到刘乡长跺了左脚又跺右脚他才停下话头。"四眼书记"有的当场拍板让有关部门解决，有的说回去向县委常委会汇报。最后，"四眼书记"提了一个让张梦富挠头的问题。她说贫困村应当让上级领导看到村民的精神面貌不贫，改天换地的精神不贫，脱贫致富的志向不贫。比如那个张梦仁就是个很好的典型，可以让他重点介绍一下他是怎样勤劳致富的。

村会计在一旁说，张梦仁可不是一般人，他开始做生意时是他老丈人帮的他。别人没摊上他那样的好老丈人！

"四眼书记"又皱起眉头。秘书赶忙递上茶杯。她喝了一口茶，又问刘乡长，这个村这几年上访户多不多？上访是基层最头疼的事，万一领导来了被上访户缠住，就会给领导留下不好的印象。所以，她对这个问题非常关心。

刘乡长想了想，说张沟村还真没有上访户。说完看了张梦富一眼。张梦富刚刚点了下头，村会计在一旁又插话说，俺这里天高皇帝远，没人来投资，不搞征地和拆迁安置，当官的也没有东西可捞，没啥可上访的。就一个上访户还是老板张梦仁的媳妇，老是告张梦仁在外边搞破鞋……

"四眼书记"对张梦富和刘乡长说，他那个媳妇说话有点不沾边。你们乡村两级做做他媳妇的工作，不要把一场好戏让她媳妇一锤给砸了！到那个时候，你们不光对不起这些支持你们的单位，没法向县委县政府甚至省委省政府交待，银行找上门让你们还贷就够你们受的！

刘乡长连忙回答说没问题，请领导放一百个心一千个心。

张梦富又蹲下了，连连摆着手说，这不管。

"四眼书记"用严厉的目光看了他一眼，这事必须管，你还得亲自管！

张梦富又摇头，这事我不管。

"四眼书记"有点火了，你是这里的村支书你不管谁管？

张梦富又说，我真不管。说完又叹气。

"四眼书记"更急了，张支书你到底管不管？

张梦富也急了，猛地站起来，说，我说不管就真不管。你就是撤了我的职也不管。

刘乡长听明白了，赶忙对"四眼书记"解释说，这里人说的管不是管理那个管，而是，而是……但是，但是……他急得跺着脚，生怕解释不清楚。这么给你说吧，比如咱说这事能行，就是能干，不行就是不能干。这里是说管，就是行，不管就是不行。老张刚才的意思不是说不管理"老套筒子"，而是她太厉害，他没办法管她。对不老张？

张梦富点点头。

"四眼书记"说，这个我也不管，我只看结果。

"四眼书记"走后，刘乡长留了下来，他同张梦富又对一些细节做了精心谋划。他说张梦富呀张梦富，我知道你梦里都想富，现在你致富的机会来了，就看你能不能抓住。

张梦富说我个人致不致富不打紧，只要能让张沟村的百姓觉得有盼头，我没白当几十年支书，死了能合上眼。他又问，刘乡长你给俺透个底，到底多大个头头要来张沟村？刘乡长瞪了他一眼，这都不该你问。你把你该做的做好就行了。两人说到这里，自然就说到了张梦仁媳妇的事，都觉得很难办。地里挖几条水沟，路上铺些石渣子，就是盖学校只要材料备齐了也没问题，恰恰就是人的问题不好解决。你

実行联产承包责任制后，他是张沟村第一个走出
去做生意的，那时还不叫老板叫个体户。

真要安排领导参观张梦仁家，就不能不让他媳妇露面，总不能把他媳妇锁屋里吧？那是非法拘禁。刘乡长想得头都疼了，才拍了下脑袋，你看这样行不行，找张梦仁谈一谈，让他把他媳妇接县城住一段时间。

张梦富连忙摇头说，不管，他才不会接他媳妇去县城住，那样他搞破鞋不就不方便了！

刘乡长斩钉截铁地说这回必须让张梦仁听咱的。狗日的再有钱，还能赶上我乡长的权力好使？我最拿手的好戏就是治那些不听话的老板。他抽了口烟，又说你要怕给他谈不通，我亲自找他谈。这狗日的还不会不给我面子。

二

绿色东方集团董事长张梦仁是张沟村人。他当过兵，复员回来后跟堂哥张梦富当了几年民兵营副营长。实行联产承包责任制后，他是张沟村第一个走出去做生意的，那时还不叫老板叫个体户。起初，他是把张沟村周边山村农民种的菜、苹果和粮食用马车、拖拉机往镇上和县城倒腾，从中赚些小钱。虽然我们伟大的中华民族是世界上最早懂得经营财富的民族之一，商业发展历史悠久。但是在长期的封建制度及农业社会的背景之下，财富的来源主要依靠"耕"和"读"，社会地位的排序是"士农工商"，商业行为不被主流社会所接受而且长期受到压制。历代当权者认为"普天之下莫非王土"，利用职权巧取豪夺；一些富人为富不仁，有时候出于本能隐藏财富，有时候又出于某种需要热衷于"炫富"；而一些穷人面对贫富悬殊的现状，倾向于"仇富"。张沟村人和很多农民一样，守着陈旧的财富观，看不起张梦仁的行为，

背地里骂他搞投机倒把。这样，才给了张梦仁这类善于抓住机遇的人机遇，有了先富的一部分人。后来，张梦仁发现市场越来越活跃，但仓储越来越紧俏。于是，他开始做起仓储，过了几年又加上了物流配送，到目前他的企业已成了全县最大的农产品仓储和物流配送企业，财产也达到了上百万。然而，让他最头疼最伤感也最心烦的就是老婆"老套筒子"不争气。人长得难看不说，脾气还大得很，常常在他面前指手画脚，动不动就念"老三篇"，说张梦仁有了今天全托她的福，今天富了忘恩负义，在外边搞破鞋对不起她……

　　张梦仁在家排行老大，下边还有四个弟弟妹妹。他当兵走以后，全家就他父亲一个是"整劳力"，他母亲一年到头几乎挣不到几个工分，全家的生活陷入了困境。他当兵的第二年回乡探亲，在镇子上遇见了小学同学"老套筒子"。"老套筒子"的父亲当时已经当上公社革委会副主任，全家转成了商品粮户口。"老套筒子"见穿着军装的张梦仁魁梧英俊，加上那个年代的年轻姑娘喜欢军人，心里对他生出几分爱恋，求她父母托人说亲，要嫁给张梦仁。在张梦仁的父母看来这无疑是天降富贵，就算一年三百六十五天，天天烧香磕头也求不来的好事，马上就答应下来。张梦仁起初死活不同意，他父亲又骂又打，他母亲又是要喝农药又是要跳井，硬是逼着他与"老套筒子"定了亲。他打心里不喜欢她，人长得又矮又胖，脸上还有几个黑麻子，说起话来像一门小钢炮，脾气就像火药桶，张口就骂脏话。他后来不止一次骂她的嘴就是大粪坑，又脏又臭。可是他一个穷当兵的，要地位没地位，要钱没钱。女方答应给盖三间新房，送"三转一响"，即自行车、缝纫机、手表和半导体收音机的嫁妆，你还有什么可挑剔的？这样，他和"老套筒子"结了婚。婚后第二年他复员回到张沟村。他岳父把他安排在公社开车。那时公社领导不像现在有专车。整个公社机关就一辆大头车也叫客货两用车。没几个月，他和公社的总机接线员好上了。他岳父一气之下把他赶回了家。

其实，张梦仁对"老套筒子"婚后几年没有孩子，有人说他根本就没和"老套筒子"同过床。他岳父听后，恼羞成怒，让人把他绑了，推推拥拥到他岳父面前。他岳父手里拎着把切菜刀，狗日的你今天不说清楚，老子把你的家伙割下来喂狗！张梦仁吓得尿了一裤裆。他把"老套筒子"拉了来作证才算过关。此后，"老套筒子"竟然一发而不可收，接二连三为他生了两儿两女。在他所在的家乡，又有儿又有女的人称为儿女双全有福气的人。他从此对"老套筒子"态度也来了个一百八十度大转弯，对她言听计从不说，她骂他，他不还口；她动手打他，他也不还手。没想到日子长了，越发把"老套筒子"的脾气惯出来了。

其实，张梦仁对"老套筒子"服软还有一个重要原因是心亏。他喜欢拈花惹草。他当民兵营副营长时，负责全大队的"看青"。老百姓对地里的庄稼常用颜色来划分阶段。"绿"是指庄稼的幼年期，"青"是指成长期，"黄"则是指成熟。"看青"就是看护未成熟的庄稼。有的人家家里人口多，粮食不够吃，到了青黄不接的时候接应不上，就到地里偷一些即将成熟而又没成熟的庄稼来补充，这在当地叫"偷青"。他这个民兵营副营长对老人睁一只眼闭一只眼，但是逮着有点姿色的年轻女人，就逼着人家脱裤子，天当被地当床和他干那种事。日子久了，有个女人成了他的固定关系户。她来"偷青"，他不但不逮还帮忙，而她则随叫随到。世上没有不透风的墙。这事传到"老套筒子"那里，

"老套筒子"和他大闹了一场，半夜里他的下身家伙被扯痛，睁开眼一看，"老套筒子"一手抓住他下身的家伙，一手拿着把剪刀，正要下剪子，给他来个"一剪没"。他吓得魂飞魄散，当即跪在床头前乞求"老套筒子"原谅，并发誓一辈子对她不再三心二意。当时，公社革委会也收到了对他的举报信。那个年代搞男女关系就是流氓，流氓理所当然是无产阶级专政的对象。公社负责专政的人把写着"流氓张梦仁"的高帽子都准备好了，打算在逢集的日子抓他去游街。"老套筒子"跑到她父亲那里，跪着求她父亲为张梦仁说情。她父亲让张梦仁写了永不再犯的保证书，才出面保他没事。他离开张沟村到县城做生意后，在这方面有了如鱼得水的感觉，不时调换女友，反正"老套筒子"看不见抓不着。然而，他处了几个女人都是以无结果而告终，原因很简单，他不敢向"老套筒子"提出离婚的要求。那几个女人见跟他没什么结果，要一笔钱也就和他拜拜了。

八年前，张梦仁到省城出差时，在歌厅认识了一个本县籍的女子。那女子名叫杨花，刚 20 出头。两个人认识的当天就开了房上了床。从此，张梦仁每次到省城都约她。他对她说，我爹给我起的名字真好，梦人，我天天梦的人就是一朵花。杨花说那你把我带走吧。在这儿坐台，今天公安来查，明天消防来查，后天又传说征税，弄得人整天心里七上八下的。我想跟你过正常人的生活。于是，他就把杨花带回了县城，安排在他的一个仓库做经理。后来，他在县城买了块地，盖了栋小楼，和杨花过起了夫妻生活。前年杨花给他生了个儿子，开始和他闹起结婚的事来。杨花说你要是不和我结婚，我就把你儿子掐死然后再自杀！他好说歹说，最后给杨花写了保证书才让她平静下来。可是，他一回到张沟，见了"老套筒子"，就像泄了气的皮球，一下子就软塌塌的了。回到县城见了杨花，他就编瞎话哄她，说"老套筒子"已经答应离婚了，条件是大儿子成家以后。杨花算算他和"老套筒子"的大儿子二十三四岁了，也找好女朋友了，结婚的日子也定了，就再拖一年半载吧！过了两年，他大儿子的儿子也出世了，他和"老套筒子"还没离婚。杨花恼羞成怒，带着孩子不辞而别。这下张梦仁急了，回到张沟找堂兄张梦富商量，让张梦富帮他做"老套筒子"的工作，在离婚书上签字。张梦富说这事我不管，滚你个蛋吧，没心没肺的东西！当初不是"老套筒子"她爹扶你一把，找银行托关系给你贷款买车跑运输、收农产品，你小子能有今天？你撒泡尿照照自己，你是比别人多长只脑袋还是多了只眼，没你老丈人你现在还照样撸牛尾巴！你让我去做"老套筒子"的工作，不如给我把刀，让我砍了她！

张梦仁也去找过刘乡长。刘乡长是他岳父的老部下，也是他的老朋友，帮过他不少忙。他的几个大仓库，都是原来乡镇企业的旧厂房改造的。刘乡长为了把地和房子弄到他的名下可谓冒着风险，排除万难。他也给刘乡长不少好处。刘乡长的两个女儿在省城上大学，所有费用都是他包的。刘乡长问他怎么能帮上忙？他说你让民政服务中心帮我办个和杨花的结婚证就行了。刘乡长想也没想，一拍桌子，瞪着眼骂他是个混蛋。我老刘没亏待你吧？你怎么想这个阴招来害我。你知不知道伪造证件是违法的。再说，你老丈人也是老干部，老干部是最不能得罪的。万一你老丈人你老婆往上一告，我得跟你去坐牢。你还要你的杨花呢，水性也沾不着！

他曾按照电线杆子上贴得小广告的地址找到办假证的，想办两张假证糊弄杨花。一张是他和"老套筒子"的离婚证，一张是他和杨花的结婚证。办证的一口价，一个证要五百。他说办好了我给你一千！可是证拿到后，他没敢给杨花看就撕碎扔到垃圾筒里了。操你个姥姥，那公章上的大印叫中国民政部，这不明摆着假的。狗日的办证的也会日哄人。

昨天夜里，杨花又和他大闹了一场，说再过一个月她就满三十周岁。如果他不能在她三十周岁那天办完离婚手续，就彻底和他拜拜。他又施展老技俩，给杨花写了份保证书，说如果不和"老套筒子"离婚，遭天打五雷轰。杨花看也没看就撕成碎片扔到他脸上。张梦仁你个老小子，你就是把保证书拿电视台去放，我也不相信你了。他舍不得杨花，更舍不得他和杨花生的儿子。

张梦仁一筹莫展之际，刘乡长把他叫到了乡政府，就在刘乡长办公室的沙发上和他并肩而坐，促膝谈心。刘乡长说我也不叫你张老板了，叫你老张哥，谁叫咱哥俩亲得像一个娘生的呢！

张梦仁心里打鼓，这狗日的不知又想用什么名目从我腰包里掏钱。每次搞捐助，他都是全乡掏钱最多的，这已形成了惯例，而且十万元以下的刘乡长都不亲自找他谈。他不敢不给。他要是不给，第二天他的仓库就会断电断水。你企业做得再大，电和水可不归你管的。他的仓库可都是放的新鲜的农产品和肉类，停电一天损失可不是十万的事。你要敢告，小子等着，派出所、法庭、工商所、税务所、土地所、环保所，一直到信用社都在排着队等着挑你的刺。他不想和刘乡长浪费时间，就直截了当地说，乡长老弟你有话就挑明了，这回又要多少？

刘乡长拍了下他的大腿，老哥，这次不是向你要钱，是要给你钱！

张梦仁先是朝窗外看了一眼，接着又揉了揉眼睛，我靠，太阳从西边出来了啊！

刘乡长跺了一下左脚，骂张梦仁你小子眼睛不色盲吧？太阳还是从东边出来西边落。这回兄弟也没骗你。真的是政府要给你钱。

多少？张梦仁想起最近从电视上看到过，中央提出要加大对中小企业的支持力度，尤其是支持"三农"，对他这样搞农副产品的小企业有优惠政策，也许是上边给乡里拨了款，乡长想起了他。

刘乡长伸出食指，在张梦仁面前晃了晃。张梦仁喜出望外，一百万啊！刘乡长摇摇头，做梦吧你。张梦仁又问，那就是十万？总不会是一万吧？你知道我的企业每天支出都得好几万，少了不够塞牙缝！

刘乡长站起身，在房间来回走了几圈，然后回到办公桌前坐下，左腿翘在右腿上，点燃一支中华烟，一边抽一边说，张老板你应该知道，咱这个乡财政相当困难，公务员和老师的工资都拖欠三月了，要不是这回乡政府有求于你，别说一万，一分也不会给你。

张梦仁一听说乡政府有事求他，而且花一万元钱求他，一下子就呆了，过了好一会儿才给刘乡长敬了根烟，陪着笑脸喊了几声刘乡长。我说乡长老弟你就别卖关子了，有什么事你尽管吩咐，我张梦仁你也不是不了解，只要是政府一声令下，我保证积极响应，坚决贯彻执行。说完，笑笑又说，我可从来没给你老弟讲过价钱。

刘乡长离开座位，拉着他的手重又回到沙发上坐下。我的老板大哥，乡里给你这一万元钱是出差补助费。接着，他把自认为考虑成熟的意见向张梦仁说了一遍。

　　"四眼书记"一行走后，刘乡长拉着张梦富又去了一趟张梦仁家。他想和"老套筒子"谈谈，看能不能让"老套筒子"配合一下，首长来的时候别惹出麻烦。他进门之前，先把自己的表情改造了一下。当干部这些年，他的面部千锤百炼成了威严的表情，除非是见上级领导，很难看到笑貌，就是在家里对妻子女儿也很严肃，大女儿给他起了个外号叫"会议脸"，小女儿则直称他笑和哭没有严格界限。他冲"老套筒子"一笑，"老套筒子"果然也是吓了一跳。刘乡长你这是干嘛，不是来俺们家报丧吧?!

　　会说话吗? 张梦富冲"老套筒子"瞪了瞪眼。人家刘乡长来看你，你一点礼貌也不懂。

　　"老套筒子"根本不买张梦富的账。她说这回刘乡长在你张梦富眼里成好人了。下大雨那天，你不是还漫大街扯着嗓子骂刘乡长是刘大炮，答应给村小学拨款建房都当放屁。

　　刘乡长看了张梦富一眼。张梦富红着脸，把眼睛转到一边。刘乡长没有计较"老套筒子"的话，也没有冲张梦富发火。他知道不止张梦富一个村干部对他有怨言，背后骂他，叫他刘大炮，意思是说他说的话不落实。他有他的难处苦处。为了让村干部们安心工作，他不能不常常许愿，真正要落实起来，他又拿不出钱。他对"老套筒子"说老嫂子你有意见尽管提，我今天就是来听你提意见的。没想到他这一句随便说说的话，引来了"老套筒子"一大堆牢骚。"老套筒子"说我对你乡长没啥意见。你是乡长我是老百姓，咱中间隔着山隔着水。再说了你又不是我儿子我外甥，我也够不着让你疼我孝敬我。可人家梦富哥这些村干部是你的兵，你不能光让人家卖力气干活，不管人家死活。梦富哥去年累得生了一场大病，要不是村里人东家五十西家三十拼份子给他凑了手术费，他这会能活蹦乱跳站你跟前？

刘乡长说，这事梦富也没说，我是事后才知道的。回头看着张梦富，张支书，这种事以后要第一时间通知乡政府。咱再是穷乡，也不差那几个子儿。

"老套筒子"又说，俺们村小改造也说几年了，光听水响不见鱼儿上来，你当乡长的又怎么说？

刘乡长跺了左脚跺右脚，连说几个马上马上，这两天就动工。他觉得身上发热，已经开始出汗了。他在心里想，要不是"四眼书记"非要定这个典型，老子一句难听话也不会听下去。

"老套筒子"的嗓门儿高，吵吵几句，四边邻居家就有人过来了，都站在院子里，一边听一边议论。有的说上边的经好，就是下边的歪嘴和尚给念错了。咱听广播电视里说上边让消灭农村学校的危房，可咱村小到现在还是危房，孩子在里边上课，咱下地干活都揪着心。

说这话的是我妈。那年我上四年级。我妈说完，又有几个人跟着骂，有的骂乡里截留上级下拨的惠农补贴，有的甚至骂县里街道开得太宽，铺的大理石太浪费……刘乡长出门后在心里计算了一下，"老套筒子"和村里几个人说的问题，既涉及到干部的工作作风，又涉及到农民的利益，这些话要是让首长听见那还得了！他想，无论如何也不能让"老套筒子"搅了局！

刘乡长专程去了一趟县委，向"四眼书记"汇报筹备工作情况。他已经从"四眼书记"的秘书那里知道，县里对这次首长来张沟村视察十分重视，专门成立了领导小组，由县委书记任组长，"四眼书记"

只是个常务副组长，成员还有有关部委办局的负责人，他也是其中之一。刘乡长绕着圈子问"四眼书记"的秘书哪个首长来张沟视察。秘书说不知道，你问咱书记，书记也不知道。他见了"四眼书记"，还想问这个问题，"四眼书记"发了火，老刘你想啥呢？首长不来你就不干工作了？接着就提到"老套筒子"，那个张梦仁媳妇的工作你们要好好做一做，让她也得有个典型的样子！

刘乡长说，不行咱换一个典型吧。

"四眼书记"皱了皱眉头，你张沟村有第二个张梦仁那样的致富典型，还是有张家那样的好房子？

刘乡长原想把在"老套筒子"那听到的告诉"四眼书记"，话到嘴边又咽了回去。领导交办的工作，你做下级的只有排除万难去完成，才能得到领导的赞赏。你摆了一堆困难，领导会怎么看你？一是你没有能力，没能力就是不称职；二是你讲条件，革命工作怎么能讲条件？他不想在即将换届的关键时期给"四眼书记"留下这样不好的印象。

回到乡里，他又接二连三接到"四眼书记"秘书的电话。秘书向他转达了"四眼书记"的指示，要求他无论想什么办法，一定要做好张梦仁家属的思想工作，让张梦仁的家属与张梦仁配合好，当好勤劳致富的典型。"四眼书记"的秘书最后强调，书记说了，如果这个典型出了问题，你捧着乌纱帽到县里来向书记和县长检讨！刘乡长放下电话后坐立不安，苦思冥想，想出了十几个办法。他把这些办法一一试了一遍，最后又都让自己否定了。就在他感到无计可施的时候，乡政府一位工作人员来向他报告出差的事。他跺着左脚拍着桌子骂那个工作人员不长眼睛，乡里忙得一塌糊涂，万一要是找你，你不在……

23

他突然灵机一动：对啊，要是首长来那天"老套筒子"出差不在家，不是就不会和首长碰上面了吗？对，就让张梦仁狗日的安排"老套筒子"出去躲几天。到了首长来的那一天她不在家，什么问题也就不会发生了。想好这个计策后，他才约张梦仁到办公室来谈。

张梦仁听了刘乡长的话，开始一个劲儿地摇头。不管，不管，我的乡长兄弟，你太不了解那娘们。

刘乡长说，我怎么能了解她？从打和你认识，你今天让我见这个嫂子，明天让我见那个嫂子，不是那天陪县领导去你家，我一辈子恐怕也见不到你真媳妇的面。说完，又说，我先找你谈，就是请你出面嘛！你想想，你是农村勤劳致富的典型，各级领导都很器重。可是进了你家，你媳妇不管是谁，张口就是脏话、粗鲁话，冒犯领导不说，万一领导问她什么问题，她再不知深浅把你一些不该让别人知道的事说出来，那不就砸锅了？

张梦仁这回听明白了，就是说有大干部、大领导要到张沟村去，张沟村选了他做先进典型，但对他媳妇"老套筒子"那张嘴不放心，想让"老套筒子"以出差的名义外出回避一下，而且给一万元钱补助。他想着想着，觉得自己的机会来了。他问刘乡长，到了那时我是不是要在家里？刘乡长说那是当然，你还要和领导合影，向领导介绍致富经验。张梦仁点点头，行，我听明白了。我明天就回张沟做我媳妇的工作，保准让她积极配合。

临出门，他又给刘乡长留下一句话，那一万元钱不用政府掏腰包，你哥不缺那点钱。

张梦仁确实想到了个锦囊妙计。他开上车疯一样往县城赶。过去，他从乡里到县城或者从县城到乡里要用 40 分钟时间，这次只用了半个小时。他回到家，一头撞进厨房，把正在炒菜的杨花一把拉在怀里，又是亲吻又是浑身上下乱摸，惹得杨花不高兴，挥起锅铲子朝他屁股上打了一下。那锅铲子刚从油锅里拿出来，还有些烫，疼得他呲牙咧嘴，好你个杨花，想给我纹身也不需要那玩艺。

闹罢，杨花炒好菜出来，解下围裙扔在他脸上。你是彩票中了大奖还是股票赚了大钱？看把你乐的！张梦仁把杨花抱在大腿上坐下，一边摆弄着她高高的鼻梁，一边说，这事比彩票中大奖和股票赚大钱都让你高兴。接着，他眉飞色舞地把刘乡长的谈话内容向杨花说了一遍。杨花听了，不以为然地哼了一声，不就是让你们家的母老虎先回避一下吗？与我有什么关系？

张梦仁说这可与你我的关系大了！他把自己想好的智谋以及实施计划向杨花说了。杨花边听边笑，等他说完，杨花跳起来亲了他一口，张梦仁你要是办成了这事，我死心塌地跟你过一辈子！再给你生个闺女。她拍着自己的肚皮，我这肚子里还能盛下三两个小孙孙！

张梦仁冷不防地扯下杨花的裤腰带，把她按在沙发上就做起爱来。杨花一边欢快地叫着，一边骂他是条狗。老张，你的枪不是不好使了吗，今个咋这么威猛呢？是不是吃了伟哥？张梦仁边吭哧吭哧喘着粗气，边得意洋洋地说，狗屁，老子这杆枪是永不生锈的钢枪！

三

"老套筒子"听张梦仁说让她去香港旅游，马上瞪大了眼睛。张梦仁，你个挨枪子的，又给老娘耍什么心眼？

他一进屋，沙发不坐，凳子不坐，又是朝地上一蹲。这也许是他的工作方法吧？蹲在地上，别人不容易看见他的表情。

张梦仁说我能给你要什么心眼？我是完完全全为你好。县里奖励勤劳致富的先进人物，奖品就是去香港十日游的机票。我想我都去过香港多次了。这回该让你去。不管怎么说，我这军功章里有我一半也有你的一半。不信，你问问梦富哥！

他这回把张梦富也拉来一起做他媳妇的工作。张梦富虽然工作能力一般，做村支书没本事带大伙致富，但他为人老实正派在张沟村有口皆碑。"老套筒子"曾经说过，张梦仁要有张梦富一半老实，他走哪里我也就放心了。

张梦富本来不想同张梦仁一起来找"老套筒子"，可一来刘乡长给他有话，这是上级指示；二来张梦仁求到他，这是人情面子，更重要的是保住这个典型才能保住张沟村这个典型，保住了张沟村这个典型，县里乡里才会投资修路、建蔬菜大棚、挖水沟、打井、盖学校。他一进屋，沙发不坐，凳子不坐，又是朝地上一蹲。这也许是他的工作方法吧？蹲在地上，别人不容易看见他的表情。他听张梦仁问自己，就郑重地点了点头。接着他又后悔，因为他知道张梦仁的鬼点子多，万一张梦仁使个阴招把"老套筒子"涮了，"老套筒子"到后来会把他捎带上。刘乡长明明说给张梦仁一万元钱，让张梦仁把"老套筒子"支出去几天，这事刘乡长没瞒他，也对他说了。眼前，张梦仁明睁着大眼说瞎话，对"老套筒子"说是县里奖了他10万元还有香港往返的机票，如果不去就作废。张梦富对此心里感到很不踏实。他活了60多岁，当了几十年村干部，认清一个理，不管什么人，只要为了一件什么事编谎言说假话，那件事背后肯定有诈。可是他又不好当面说破，说破了对大家都没有好处。老实人在一定的场合，也不一定都说老实话，办老实事。

"老套筒子"接过张梦仁递上的飞机票，左看一眼右看一眼，正面看罢，又反过来看。那机票上写的英文字母她一个也不认识。她问张梦仁，张梦仁你是不是又骗我，我咋没看见我的名字？她虽然也上过小学，学习不努力，又过了很多年，好多字都认不得了，唯独对自己名字还认得清楚，因为过去生产队年代每次分东西，都在上边放个写着人名的字条。

张梦仁尽管心里看不起"老套筒子"，表面上却不敢得罪她，忙给她解释说机票上的名字是拼音字母。他又把为"老套筒子"办好的港澳通行证上的名字拿出来对照让"老套筒子"看。通行证上有照片，"老套筒子"这才放了心。她又问和谁一起去？你得陪我去。我跟你过了大半辈子，你连县城也没带我去过。这回你得陪我，你不陪我，我不去！

张梦仁按照事前编好的计划，说我想到了，全都给你想好了，让咱大儿媳妇陪你一起去。她上过大学，会说英语，到香港可以给你当翻译。我得照顾生意，走不开。再说，我也不会说英语。

"老套筒子"不信，唏，骗鬼呢张梦仁？香港说英语，我咋看电视电影里香港人说话和咱一样。

张梦仁说，唏，那是翻译过来的你知道不？电视电影里的美国人日本人还说中国话呢，都是翻译的。

"老套筒子"看了看张梦富，张梦富低着头抽烟，眼皮也没抬。

"老套筒子"到楼上转了一圈，回来后又不放心了。她说张梦仁你个挨枪子别骗我。你不会我前脚走你后脚把别的野女人带回家来吧？

张梦仁忙说那怎么可能。好歹我是先进典型，那种缺德事咱不干。我要做对不起你的事，梦富哥也不会答应，对不，梦富哥？

张梦富蹲在地上，仍旧是侧着脸点烟，假装没听见。

"老套筒子"狐疑的目光在张梦仁脸上停留了足足两分钟。张梦仁我告诉你，我养大的狗最怕野女人的骚气，闻到味扑上去就咬，到时出了人命，可别怪我没警告你啊。

我长大后听我妈说过，"老套筒子"打从嫁到张梦仁家，没有一天信任过张梦仁。平常都是张梦仁指东她向西，张梦仁指西她向东，比如张梦仁从县城打电话回家说今天回来，她大门一锁该干啥还去干啥，因为她压根就不信张梦仁回来。就连张梦仁从县城带回来的吃的东西，她都放着等张梦仁回来看着他先吃，自己才肯吃，说是怕张梦仁给她下毒。夫妻做到这个份上，真是一大悲剧！

偏偏那次"老套筒子"不知怎么就信了张梦仁的话。她那时心里甭提多高兴了。去香港，张沟村的女人谁敢做这个梦？别说香港了，省城、北京又有几个人去过？有的连县城还没到过呢！而她却即将成行。她越想越高兴，拿着飞机票出了门，说是要给几个牌友告个别。张梦仁想拦她，让她把机票留在家里，想想又没说出口。这个女人，一句话不中听就会变脸变点子，还是任由她去吧。

那天是个星期天，我和邻居家的孩子到地里帮着大人干活去了。我们回来路过张梦仁家，正碰上"老套筒子"拿着机票，手舞足蹈地跑出门。她突然一下子抱住我，把机票在我眼前晃了几晃，乖乖，告诉大娘香港离咱张沟有多远？我愣了一会，摇了摇头。我邻居家的孩子接上说在上海老往南老往南。"老套筒子"白了我邻居家孩子一眼。

并非闹剧

"老套筒子"的工作做通了，张梦仁又到乡里去找刘乡长。

刘乡长中午有个雷打不动的午睡习惯。他睡午觉时最讨厌打扰，即使是乡党委书记有事找他而非急事，他也会含沙射影地骂几句：昨天有个老乡说丢了条驴，怎么今天在咱乡政府院里听见驴叫了！如果是下级打扰了他的午梦，他会毫不客气地指着鼻子训斥。张梦仁到了他的门前，敲了十几下门，没听见应声，有些急了，说我是张梦仁，找刘乡长有事。我走了！

其实，张梦仁敲第一声时刘乡长就听见了，他没理，转个身又要睡。听张梦仁报出名字，又说要走，他才赶忙起床开了门。张老板你小子真不够意思，孩子吃奶也得等娘解开怀。你总得让我把裤子穿上吧！说着，点了一支中华烟，猛抽了几口，算是提了提神，说吧，和你老婆谈得怎么样？

张梦仁把同"老套筒子"谈的经过简要向刘乡长说了，然后得意地说，我老婆已经同意了。我把她和大儿媳妇去香港的通行证和机票都办好了。

刘乡长撇了撇嘴，有必要吗？还去香港。

张梦仁说她要是在国内，脑子一热赶回来怎么办？去香港就不由她随便了。

刘乡长点点头，跺了下右脚，还是你想得周全，到底是老板，脑子好使！

张梦仁笑了。笑罢，张了张嘴，想说什么，可能觉得不好意思，把话又咽了回去。他也点了一支烟抽着，不时抬头看看刘乡长。

有事？刘乡长问。他打了个哈欠，示意还想再睡一会。

29

张梦仁说，领导来了，看我这么富裕的家庭条件，就我一个光棍
男人，能信吗？

刘乡长说，你可以给领导说你媳妇去香港旅游了嘛，这实事求是，
你们村都知道！山沟农民坐飞机去香港旅游，这也是件新鲜事，首长
听了一定会高兴。

张梦仁说，首长高兴你乡长高兴我媳妇也高兴，就我高兴不了。

刘乡长听出了张梦仁话中有音。张老板张大哥你是不是有什么想
法。有想法你就说出来，别吞吞吐吐的像茧抽丝一样。

张梦仁这才把他的想法，严格点说是他的策划、他的谋略向刘乡
长说了。他说家里没有女人不能算一个完整的家，家里没有一个能说
会道，漂亮贤惠的女人，不能算一个和谐的家。你们既然让我的家当
典型，就得让我的家完整无缺。

刘乡长问，你该不是想找个女人代替你老婆吧？

张梦仁点点头，刘乡长你真伟大！他说着给刘乡长点了一支烟。
刘乡长抽了一口，夹在手指缝间看了看烟灰，又看了看烟头前的数字。
328 开头的，是吗？我怎么抽着你这烟味道不太对劲！

张梦仁从烟盒里又掏出一支烟，拿在手上给刘乡长看，然后又从
刘乡长的烟盒里取出一支烟，把两支烟的包装纸、烟丝一一作了个对
比。他说，我这烟是从烟草专卖拿的货，那里有我哥们，辨别真假烟
的办法也是他教我的。

刘乡长听后，拍了拍脑袋，日他娘，老子这些年抽的中华全是假
的呀！

张梦仁回到车上，取了两条中华烟，指着烟盒上的防伪标志说，

你看看这上边都有烟草专卖的专用章，假不了！你要是抽这个牌子，我每月供给你三、五条。一个大乡长抽假烟，你不怕别人笑话，我这个全乡首富还觉得脸上没光呢。

刘乡长左手摆得像风吹的荷叶，嘴里说着我不能收你的烟，右手却把烟接过放进办公桌下边的框子里。他说，张老板你刚才想弄个假媳妇，我看就免了吧。不过，你可以找个熟悉点的，好看点的，能说会道点的在家里帮忙搞搞接待。领导要问，你就含含糊糊地回答，不说是媳妇，就不算弄虚作假。

张梦仁高兴得跳了起来，握着刘乡长的双手，乡长老弟，知我者非你莫属。我一定遵照你的指示把这事办好。

他临上车时，刘乡长又冲他吼了一声，张老板，你可别弄假成真、假戏真唱。到时候你媳妇找我要男人，我可不负责任啊！

刘乡长的话显然应验了。其实，事实也必须应验，或者准确地说事情的发展必然走到那一步，只是刘乡长的责任是推脱不掉的。

四

张梦富这一个月里忙得焦头烂额。

他做的第一件事是修路。从乡到村的路不用他操心，由县交通部门组织修。县交通部门一开始提议，严格追查过去拨的村村通修路款哪去了，县政府一个领导说过了这事再说。县交通部门这次也学精了，自己招队伍自己干。张梦富操心的是几个自然村之间的路。虽然上级的拨款到了，但组织施工得由他负责。最让他头疼的是拆迁。由于村里盖房用地紧张，村民这些年胡搭乱建的情况比较突出。乡里要求沿路两侧不许有违章建筑，而农民不管这些。我在自家门前盖间锅屋搭个鸡窝羊圈违什么法？然而即使一个鸡窝狗窝，你动他的也得给补偿。尤其是自然村与自然村之间的路年久失修，有的地段被村民取土弄塌陷了，有的地段被村民拾荒种上了菜。你给他讲这是集体的，他根本不买账。集体的你集体不早修，偏偏我上边种了菜你来收？给钱！张梦富上午跑东村的村民小组，下午跑西边的村民小组，晚上还要走村串户做说服动员。张梦仁见他累得瘦了一圈，就给他出了个主意。你怎么不学学当年当民兵营长的办法？

张梦富说那什么年代现在什么年代，那法儿过时了！

张梦仁说你就招几个年轻力壮的愣头青，不叫民兵营民兵连，按现在时髦叫法是村容村貌整治办，保准管用！

张梦富开始还疑疑惑惑，这都什么年代了，这法儿还行吗？村会计说办法行不行试一试，你不试怎么知道行不行。张梦富就在村街上搭了个棚子，上边挂了个"村容整治办"的牌子，又招了七八个年轻力壮的壮年人，每天让村会计放两盒烟一瓶酒给他们享用，再给每人每天 10 元钱的补助。结果正如张梦仁所说，效果特别明显。被村委会招聘的七八个村容村貌整治办人员非常卖力，戴着"整治办"的红袖章从早到晚吆三喝五地在村里转，碰上"难缠头"的村民就动拳头。

张梦仁家盖楼房时曾盖了个停车房，不过是在院子后边，张梦仁平时回家少，加上路也不好走，车房被"老套筒子"用来当贮藏室，乱七八糟的东西都往里放。去年张梦仁有一次回来，七拐八拐折腾了半天，好不容易把车开过来，只好停在门前。就一顿饭功夫，轮胎被人扎了两个洞，车窗子上还挂了只破鞋。为这事，他和"老套筒子"

剋了一架。"老套筒子"觉得心里挺过意不去，不是对张梦仁，而是心疼几十万一辆的车。她在家门前盖了个车棚。这回"整治办"要拆，她不同意，拎着把菜刀坐在门口，说谁敢拆就和谁拼命。她这一带头，村里一些妇女也向她学习，拆迁工作一时陷入困境。

两天后的一个深夜，"老套筒子"在沉睡中被一阵吵嚷声惊醒，爬起来一看，自家门前火光冲天，等她到了门口，车棚已烧成一片灰烬。她哭啊骂啊，嗓子都哑了，也没人给她个交待。刘乡长来检查工作进度时，她一把鼻子一把泪地向刘乡长控诉万恶的整治办，刘乡长跺着脚，咬牙切齿地说这事我一定帮你管！话是说了，可是一转脸就扔脑后去了。

"老套筒子"被治服了，其他钉子户只好乖乖地拆掉了院门前的停车棚。

张梦富对这些装作看不见听不见。反正是给村民办好事，等村路铺上柏油，晴天不再有尘土飞扬到你家锅里，下雨天不再用你驮脚踏车，你自然就会理解了。

修路的麻烦事一解决，其他事情就好办了。盖学校对大家都有好处，哪有不拥护的？大伙踊跃出义务工，会木匠活、泥瓦活的都上了工地，学生娃子们也跟着搬砖头。后来张梦富爷爷对我说，你小子那时最卖力，和你一般大的孩子一趟搬三块砖，你却比他们多搬两块。我那时就说你小子长大了比他们有出息。

村委会办公室里翻修，几个人就够了。至于地里挖排水沟，张梦富采取了包工的办法，把上级补助的钱发到每家每户，由每家每户各自挖自己责任田的排水沟，家中没有劳力的，可以拿着补助的钱雇佣他人。

在这一个月的时间里，张沟村几乎没断了来人。"四眼书记"先后来了三趟，刘乡长几乎每天都来。"四眼书记"说县委、县政府下了决心，举全县之力建设好张沟村这个典型。县委、县政府，乡党委、乡政府有关部门有的派了工作组，有的派了专人，县委办还专门设立了督察组，负责督促检查。有一次，"四眼书记"在张梦仁家门前站了一会，指着张梦仁家雪白的墙壁，说，这块墙不用上可惜了。你们张沟村整个一村子里，让人看不到振奋精神的东西，就在这墙上写几幅大红字标语吧。想了一会儿，又说，解放思想，实事求是，抢抓机遇，加快发展，十六字！

刘乡长说好词，然后安排张梦富尽快落实。

张沟村的百姓弄不清楚发生了什么事。有的说咱这里是革命老区，上边对老区加大了政策扶持力度。有的说咱张沟村是不是也要划成特区了？看那架式拉得够大！其实张梦富心里明白，脱贫致富不能靠上级给钱。你今天给钱修了路、建了大棚、盖了学校，明天俺们就能摘掉贫困的帽子？日哄谁呢！还是张梦仁的媳妇"老套筒子"聪明，当然也因为她家房子多，有条件。她瞄准了各级来的干部、施工人员都要吃饭这一商机，开了个"农家乐"饭店，每天中午竟然宾客迎门。有一天张梦仁回家，她对张梦仁说，我不去香港旅游了，在家开饭店挣钱。张梦仁一听急了，你不去香港旅游怎么可以？那就算咱违约，违约要罚款的！

"老套筒子"说，你得了吧，咱给公家省钱，公家还得罚款？你骗谁呢？别忘了我爸也当过公社的高干。

　　张梦仁就差没笑喷。心想，去你妈的，你爸还高干，干高吧？嘴上却哄着"老套筒子"说，香港那边不同内地，定好几个人几间房几桌子饭，就一个都不能缺，缺了就是违约，违约当然要罚款。罚款还不怕，咱不缺钱，关键的关键是政治影响。香港同胞要说咱内地人不守诚信，反映到领导那儿，咱可吃不了啦！他说的这些"老套筒子"不了解，心里疑疑惑惑，就去问张梦富。张梦富已经尝到了点甜头，还想借机多给张沟村弄点投资，加上张梦仁这几次来每次都给他带上一条烟两瓶酒，就一本正经地对"老套筒子"说，这事要是牵涉到国家形象，那可不是闹着玩的。"老套筒子"看张梦富老实人都害怕了，也就不好再坚持。她又对张梦仁说我这个饭店刚开张十几天，每天都能收入几百元，你让我关张走人，损失谁补？张梦仁想想和她再争下去也没有个头，就说给县里反映一下，看看县里能不能换个人去。他出了门就给刘乡长打了个电话，让刘乡长派人把"老套筒子"的饭店给关了。

　　这事对刘乡长来说易如反掌，因为"老套筒子"的饭店没办工商许可证、税务登记证、食品卫生许可证也没有。刘乡长一个电话，让食品卫生所来了两个人，把"老套筒子"的锅碗瓢勺、桌椅板凳全都装到车上拉走了。"老套筒子"和来人闹，来人说你要是再闹，信不信我把你们家大门给封了！

　　"老套筒子"一气之下，反而坚定了去香港旅游的决心。好你个政府，我好心给你们省十万元钱，你们不领情不说，还拆了我的饭店。那我就拿你们的钱去香港好好玩，非玩得让你心疼不可。

　　知"老套筒子"者非张梦仁莫属。他怕"老套筒子"半路上有变，

张梦仁带着杨花一回到张沟村，就有很多村民围
上来，就像看刚过门的新媳妇。

亲自把"老套筒子"和他大儿媳妇送到机场，一直看着"老套筒子"
过了安检，才放心地离开。回到县城，他兴高采烈地去接杨花。这回
杨花却又给他出难题了。杨花刚洗完澡出来，披着睡衣，故意坦露着
雪白的胸脯。张梦仁刚要靠近她，被她一脚蹬出两步远。张梦仁我告
诉你，你别想让我到张沟给你当几天道具。

张梦仁说岂敢岂敢，我对你可是一片忠心。

杨花问，到了张沟你老家，我是个什么身份？

张梦仁早想到杨花会这样的问题，毫不迟疑地回答说，那还用问，
你当然是我张梦仁的媳妇。

杨花问你敢当着张沟父老乡亲的面这样介绍吗？没等张梦仁回答
又说，你要是把我的身份不说清楚，我转身就走，别怪我让你下不
了台。

张梦仁带着杨花一回到张沟村，就有很多村民围上来，就像看刚
过门的新媳妇。有个胆子大点的年轻人问张梦仁，大叔，我该怎么称
呼这位大姐？张梦仁假装没听见，杨花却大大方方地说，你既然叫她
大叔就叫我大婶呗！叫我姑奶奶他可就不答应了！一句话把在场的人
都逗乐了。当然，那几个"老套筒子"的牌友心里不高兴，低声骂她
不要脸，不是正经女人！我妈就骂杨花破鞋，人家张梦仁可是有老婆
的男人，你这样不明不白算个啥？杨花白了我妈一眼，假装没听见。

杨花听见人们的议论，表面上不动声色，关上门却和张梦仁闹起
来。张梦仁你个死不要脸的臭男人，你不是说当众说明我的身份吗？
刚才你为什么不回答？

张梦仁陪着笑脸，说，这是咱俩的隐私，给他们说不说有什么

关系？

　　杨花扯着他的耳朵，你不是还诓我说和你媳妇说妥了离婚的吗？把你的离婚证拿我看看！

　　张梦仁急了。他说你要离婚证有啥子用？我等着让法庭判决。

　　杨花说，你拿不出离婚证，你就拿咱俩的结婚证给我看。不然的话，我就带着你孩子远走高飞，让你找也找不着。她边骂边扑到张梦仁身上，一阵拳打脚踢，又把张梦仁脸上挠出了几道血印子。张梦仁好汉不吃眼前亏，匆匆忙忙跑出门，找到正在指挥着粉刷学校的张梦富。恰巧刘乡长也在。他说，不得了啦，杨花说不明不白的身份不行，一定要让我给她一个说法。

　　刘乡长问啥子说法？

　　张梦仁说她提出要看结婚证。没结婚证她就走。她光走还不够，还要和我闹个天翻地覆。

　　怎么会这个样子？刘乡长恼了。张老板，这时间可不多了，咱开不起玩笑。

　　张梦富却白了张梦仁一眼，鼻子哼了一声。

　　刘乡长把张梦仁拉到自己的车子里，关好了门窗，神情严肃地对他说，张老板，这次可是重要的政治任务，容不得一丝一毫的麻痹大意！我实话告诉你，如果张沟村有第二个张梦仁，我决不会选你当典型！

　　张梦仁假装着急，抹了抹眼睛，我也想不到会是这种情况。刘乡长你得拿个主意。万一……

　　刘乡长说，你别给我说万一，要是怕万一你现在就把姓杨的女人送回县城。咱还按照原来说的，就说你老婆出国旅游去了！接上又说，梦仁，这就是你不对了。你肚子里有几条蛔虫，我清楚得很。你千万别给政府玩立格愣。我觉得还是说你媳妇出国了好。这样会省得很多麻烦。

张梦仁挤巴挤巴眼皮，说，那还是说她在我家做接待吧。我怕领导万一问长问短，我这人脑子不好使，特别是记数字不成。又说，我看报纸电视里，领导到哪地方，最喜欢听实话，什么人均收入啦，干部作风啦，你说是不是？万一我答不上来不好，答错了更不好。杨花脑子好使，让她给我提个醒！

张梦仁这话是拿刀子捅刘乡长的心，捅得血淋淋的。因为乡里已经专门下了文件开了会，统一了农民人均收入的数字，不过这个数字水分太大。真到了领导问起来，张梦仁不按统一口径说，那就害了县领导乡领导。刘乡长不怕害别人，关键是自己也在被害之列。他说张老板我算服你了。你让我和乡党委书记商量商量怎么解决。

张梦仁走后，刘乡长对张梦富说，你这个堂弟有你三分实在都好对付。

张梦富笑了笑，唏，典型嘛！

刘乡长跺了下左脚，说，典型个球！不是县里定他，他倒找50万，叫我一声大爷，我也不会选他！

刘乡长真的犯愁了。回到乡里，他专程到乡党委书记办公室，想说说张梦仁的事，话到嘴边又咽了回去。最近，关于乡党委书记要提拔县委常委、组织部长的消息传得沸沸扬扬。书记一走，当乡长的按常规应当接替书记。万一他把这个烫手的山芋交给书记，书记一定会对他生成见。你姓刘的在这节骨眼上不是给我上眼药吗？到时他当不上组织部长，他连书记也不能顺顺当当地接上。他向书记把张沟村的情况作了汇报，唯独没说张梦仁的事。乡党委书记亲切地拍了拍他的肩膀，好哥哥，我代表全乡人民感谢你，当然我首先感谢你。

刘乡长回到自己的办公室，将身子靠在椅子后背上，两条腿放在桌子上，闭着眼深思起来。狗日的张梦仁这不是得寸进尺吗？你明明有媳妇，再和别的女人办结婚证就是重婚罪。违法犯罪的事谁敢给你批？他也想到了给"四眼书记"汇报一下，想想又忍住了。这都啥时候了，你小子还给县委领导上眼药？

张沟村最后一次全面检查的日子到了。县委书记县长亲自出马，市委也来了一位副书记。几十号子人几十辆车，浩浩荡荡地向张沟村开去。"四眼书记"拉着刘乡长坐在市委副书记和县委书记、县长的考斯特车上，不时向市委副书记汇报张沟村的变化。她说一个月前，车子还不能开进村里，要停在几里外的山坡。现在这条路上可以跑大货车，农民的农副产品运输问题迎刃而解了。

刘乡长接上说，张沟村有个农业经纪大户叫张梦仁，一下子就添了四部大货车。市委副书记很高兴，张梦仁，我认识他。他是市政协委员。前年市里开"两会"，他中午出去喝了几盅，下午在会上发言时竟然说什么不但应该放开生二胎，还应当放开娶二房，遭到在场的女委员炮轰。后来政协一位领导出面为他圆场，说他是酒后醉话！

刘乡长第一次听说张梦仁还出过这样的笑话，心里骂张梦仁是个二半吊子，同时也有点发怵。这个二半吊子，万一在首长面前说出二半吊子话，那可就不同了。

检查组把几个点看了，虽然提出来些意见，但总体比较满意。市教育局的这次表现最好，带来了几台电脑赠送给张沟村村小学。那是我和我的同学们第一次认识电脑。

检查到村"两委"办的时候，县组织部一位同志指着学习栏上贴着的文章说，这几篇文章除了标题不一样，内容一个字不差，我好像在哪张报纸上看过。再看看这字歪歪扭扭，像三四年级小学生写的……得赶快改一下。

张梦富爷爷脸涨得通红，头也不敢抬。村会计胆子大，说就这还给誊写的学生每人两元钱，是张支书自己掏腰包垫的。

市委副书记坦诚地说这不用改了。如果每个人的文章都不同，相反不正常了。对农村老党员来说，关键是参加了学习，心得都一样，文章统一，也不是抄袭，剽窃，这样更真实嘛！他这样一说，在场的县乡领导才松了一口气，脸上重又精神焕发。

刘乡长故意安排最后一个点到张梦仁家。

市委副书记和张梦仁认识，所以见了面不用介绍，寒暄几句，就坐在一楼宽敞的客厅里聊起来。刘乡长听二楼有女人咳嗽，估计杨花在上边。他悄无声息地拉着张梦富站在楼梯口，如果杨花想下来，就让张梦富给挡回去。

张总，你这小楼盖几年了？市委副书记问，看上去还挺新嘛！

张梦仁说七、八年了。他想了想，又说，是小平同志南巡讲话后的第二年盖的。

市委副书记感叹地说，七、八年了，我看你们村还是你这一栋小楼。张总啊，你是做农业流通的，这农业流通对农业产业化的带动作

并非闹剧

用不可小看。你得发挥龙头作用，带领乡亲们致富，让全村父老乡亲都尽快住上你这样的小楼。

张梦仁看了张梦富一眼，然后盯着刘乡长的脸，接着市委副书记的话说，俺们乡和俺们张沟村这几年大力发展农业产业化，你刚才看到那些大棚了吧，种的全是城里人喜欢吃的无药蔬菜。俺们张沟村村民的收入比周边都高，可大多数村民传统观念的根太深，不习惯住楼，说是养猪养羊养牛不方便。不过，我听说村里正在规划，有一半以上的人家今明两年要陆续盖楼呢！

县委书记和县长对视了一眼，那神态明显不相信。张梦富也觉得张梦仁的话说过了头，故意咳嗽了一声。

市委副书记站起来，拉出一副要走的架势。刘乡长暗想这下好了，张梦仁虽然吹了几句牛皮但不碍大事，只要不让他看见杨花就万事大吉。没想到市委副书记竟然主动提到了张梦仁家庭问题。张总，怎么没见你家属和孩子啊？

他家属——张梦富刚说出这三个字，杨花就在楼上应了。杨花问谁叫我呢？什么他家属他家属的，我也有名有姓。说着，就从楼上走下来。刚才，她一直在楼上等机会。她今天精心打扮了一番，把在县城穿的时尚、名牌的服装，换成了张沟村和她年龄相仿的女人常穿的朴素的衣服，没想到她的皮肤白，穿着素装相反更显得鲜灵生动，光彩照人。大伙的目光几乎都投到她身上，只有刘乡长和张梦富紧张地看着市委副书记的神情。

市委副书记显然有点惊奇。可是他又不便问。老板找年轻媳妇的多了，你总不能说你媳妇太年轻太漂亮？还没等他回过神来，杨花已主动上前握住了他的手。书记您好！我经常在咱市电视台新闻节目里看见您，也听我们家梦仁说过您。他说咱市有个好书记，学问大，胆子大，工作手腕粗。市委副书记听着听着皱起了眉头。张梦仁赶忙给杨花挤眼，意思是让她打住话头。刘乡长心想这回砸了，来的是市委副书记，你夸也没夸对人。再说，你用词可以但不能滥用，什么叫手腕粗？他急的抬了抬脚，但没有跺下去。

杨花极其聪明，马上意识到自己的话让眼前的领导不舒服，又说看您是个菩萨像，没架子，又温和，不像有些当官的老是以官自居，走哪儿人没到肚子先到——她的这句话把市委副书记逗笑了。在场的人都笑了，气氛一下子热烈起来。

市委副书记说，张总能做到今天这一地步，与你的支持分不开。

杨花开心一笑。不瞒领导说，我们家梦仁过去学历不高，没太多文化，企业越做越大，管理越来越吃力，还是我督促他报了党校的大专班学习。这不，学了就跟没学不一样，叫什么来着，如虎添翅！

她说着，拿眼看了看张梦仁，见张梦仁的裤子上有一片烟灰，她走过去用袖子轻轻地掸了一下。接着又说，梦仁过去还小器，几年不给工人涨工资，有的工人干一年半截就走了。我说你不要学过去的资本家坑骗工人。你要想留得住人，就不能太抠门！你吃肉让人家喝汤，喝汤还不给喝饱，谁还跟你干。他听我的，每人给涨了一百元钱，结果您猜怎么样，这两年没一个辞职的。

市委副书记连连点头，对，对，你说得对，做得也对。我们有些老板就是不考虑工人利益。

接着，市委副书记又问了村里的情况，杨花不仅把刘乡长亲自审核过的稿子背得滚瓜熟，用刘乡长的话说还加了些色彩。不时逗得市委副书记一行哈哈大笑。

市委副书记一上车就高兴地夸起来，这个张梦仁真有福，找了个能帮着想方设法的好媳妇。车上的人都附和着夸杨花。"四眼书记"脸上带着笑，但目光有些不安。刘乡长和张梦富低着头没插话。刘乡长想，杨花还真的不错，大大方方，说话做事得体。整个过程中就说错了个手腕粗，把如虎添翼说成了如虎添翅，其他还真挑不出毛病。

市委副书记到了乡里，换上自己的奥迪车走了。"四眼书记"想招呼刘乡长到她办公室谈一谈，刘乡长却被县长叫去了。

刘乡长没想到张梦仁又得寸进尺了。他刚回到乡里，张梦仁就到了。张梦仁表情凝重，还显得很痛苦。刘乡长，你要是不给我和杨花办结婚证，杨花可真不答应了。

刘乡长一拍桌子，跺了一下左脚又跺了一下右脚，张梦仁你到底要把手伸多长？你要是再闹，我这个熊乡长不干了，让你来当吧！

张梦仁说我一不向你要钱二不向你要物，就一张纸就那么困难吗？你不要忘了，我要这张纸，也是为咱乡好。县里给张沟村拨得款，怎么说你乡里也截留个十万八万吧？我不信一张纸那么贵。

刘乡长大口大口地抽着烟，脸憋得通红。

张梦仁说乡长我也不为难你，你也别让我这个典型当不下去。这样吧，你就算借我张结婚证用这几天。等我把这几天糊弄过去，就把它撕了！

刘乡长又跺了一下右脚，说那你不如自己找个萝卜刻个图盖上去，操蛋货！

张梦仁说我是想过，可我上哪儿去印结婚证的纸？抽了一口烟，翻瞪一下眼皮又说，我真不想给你乡长老弟添麻烦。我甚至想过用我过去和"老套筒子"的结婚证翻改一个。可是，杨花被我骗怕了，她非得要和我一起去民政登记！民政那边有我结过婚的底子，没有您说话肯定办不了！

刘乡长摁灭了烟头，长长地叹了口气，张梦仁啊张梦仁，你改名叫张害人算了。

第二天，刘乡长让张梦富当担保人，与张梦仁签了个协议，协议上写道：张沟村张梦仁借一张结婚证用，用完必须及时退还……

五

"老套筒子"一登上香港的飞机，就知道自己被张梦仁骗了。哪里是什么县政府奖励，整个是跟着旅游团出去。说白了是自己家掏钱，只不过是不从她腰包里掏，而是从张梦仁腰包里掏出来的。这还不一样？她琢磨张梦仁骗她出来一定有事瞒着她，就吵着要回去。张梦仁个老流氓，又给老娘藏蒙蒙呢。不行，我得回去，回去保准抓他和那娘们个现行！

人已经在飞机上，飞机已经在天上，她想下来那可不是她说了算。于是，她就骂旅游团的带队是骗子。你们不是县政府的吗，你们让县长出来我给县长说。带队的耐心给她解释，转身对别人说她整个一神经病！

张梦仁的大儿媳妇也是第一次去香港，想好好玩一玩。她临行前，张梦仁给了她一万港币，让她无论如何要让婆婆这十天玩个好，玩个

44

够。他不能给儿媳妇说他还有别的心思。大儿媳妇劝"老套筒子"消消气。我老爸骗你那也是好心，是想让你到香港玩玩。他要不用这一招，就您老人家能舍得放下家里一摊子事出来旅游？

这样，她的气才消了一些，不再跟旅游团的闹。

有一点张梦仁没骗她，就是不能毁约。这个旅游团办的是香港包括东南亚十日游，往返机票行程，住的酒店都是定好的，你毁约可以，不但已经付过的费用不退，还得交一笔违约金。"老套筒子"心疼钱，让她赔钱的事，她肯定不干。就这样，她和大儿媳妇玩了十天才回来。

到省城接她的是她的大儿子。这一点她能理解，张梦仁忙，再说还有大儿媳妇跟着，派大儿子来接很正常。然而大儿子说到张梦仁时躲躲闪闪，让她心里觉得疙疙瘩瘩。她问大儿子，你爸这些天回过张沟吗？大儿子说我出差了，为了接您昨天才赶回来，不太清楚。

她又问你爸知不知道我今天回来？

大儿子说我爸说了，接到您，先把您送回张沟。他说您在外边十来天，累得不轻，回家好好休息休息！

"老套筒子"又问张沟那边的事忙完了吗，公家的人都走了吗？

大儿子支支吾吾没有正面回答。她没有深问，也不想深问。她心里还惦记着回张沟开她的饭店。

张梦仁和杨花以夫妻名义公开露面的消息，"老套筒子"是从报纸上知道的。她回到家，连热水还没烧开就听见有人敲门，开门一看，门外没人。她以为自己耳朵不好使，刚才听错了。飞机降落时，她的耳朵的确嗡嗡响。大儿媳妇告诉她是反应。是不是飞机降落的反应还没过去？她关上门，往屋里走了几步，觉得不太对劲，自己的耳朵早没反应了！于是回头又看了一眼，才发现门下边的缝里有张报纸。她开始以为报纸是风吹来的，捡起来想扔垃圾筐里，可一眼看见头版上的一幅大照片。照片上有她丈夫张梦仁，张梦仁左边站着一个头发败顶的老头，右边站着一个比张梦仁年轻20多岁的女人。她猜想那个左边站着的老头就是前些日子说要来张沟的首长，那个女人呢？她好像面熟，一时又想不起在哪儿见过。是首长的夫人？瞧瞧多么俊的女人，笑得那么好看。一想觉得不对劲，首长怎么会娶这么小的媳妇。也许是首长的陪同人员吧？她想，把报纸丢在了沙发上。等到水烧开了，泡上茶，喝了一口，又把报纸拿起来翻来覆去地看了一遍，越看越觉得不对劲，心莫明其妙地砰砰跳得快了。

她这人喜欢显摆。在香港时她就想着回到张沟怎么向村民尤其是她的几个牌友炫耀。她咬了咬牙，在小摊上买了一堆几十元钱一个的小装饰品带回来，急着喊几个牌友到家里。没想到只来了一个牌友。那个牌友拿起沙发上的报纸，故意大声念道，首长和张沟村农民企业家张梦仁夫妻合影留念，还让张梦仁站在中间。首长亲切勉励他们夫妇在农村改革中当先锋，再创辉煌。

"老套筒子"要过报纸，看了又看。她嘴上骂那个牌友满嘴白字念错了，心里却翻江倒海般难受。再仔细看张梦仁右边那个女的，突然想起来是杨花。她还是几年前到县城和张梦仁闹的时候，见过杨花一面。没想到这女人几年过去越长越年轻了，肯定是张梦仁个老流氓花钱给她脸上贴了什么膜。在香港购物时，她大儿媳妇推荐让她买美容用的产品时，说过有一种什么贴在脸上用的膜，她说我一辈子没用过那玩艺儿！

并非闹剧

那个牌友这才告诉她，你前脚走，照片上这个女人就来了，在你家住了好一个多礼拜呢！她自己说和你们家张梦仁已经登记结婚。

"老套筒子"一把把报纸撕碎。好你张梦仁个龟孙，原来真给老娘藏蒙蒙啦！她摸起电话就给张梦仁打，手机通了，但没有人接。她一口气拨了五、六遍，拨到第六遍时，回答是"你拨打的电话已关机"。她气急败坏，又拨通大儿子的电话，劈头就问张梦仁个老流氓在哪里？她大儿子马上明白发生了什么事，劝她不要冲动。妈，我就怕你冲动，才没敢告诉你。我给你说吧，我看了报纸也生气，我问我爸，我妈哪里得罪你了，你怎么能背着我妈这样干？我爸说这是演戏给领导看的。你妈不在家，我堂堂一个民营企业家总不能光棍一个，那影响张沟村的形象吧！

"老套筒子"说你甭听他放屁！我还能不知道他靠什么发财起家？他那点事我要给捅露出去谁也不会再拿他当人待。

她大儿子说，妈你有必要吗？不论怎么说你和我爸一起过了大半辈子，一日夫妻还百日恩！再者说了，我爸他在改革开放中得的成果不也让你我咱们全家共享了吗？

"老套筒子"说那我也得让他给我说清他和照片上那个女的有什么关系。他早答应我说和那个女人分开了，没想到还带家里做真夫妻。

还没等"老套筒子"问张梦仁，杨花却主动找上门了。

第二天一大早，"老套筒子"正在厨房里做饭，敲门声急促地响起，而且声音很重，不像是用拳头而是铁家伙。她家的厨房在一楼，从窗口看不到门外。她连火也没关，急急忙忙去开门，边走边埋怨，一大早的来报丧啊！

一开门，她愣住了。门口站的是与张梦仁一起和首长合影的女人。那个女人身后带着两个五大三粗的男人。那两个男人全戴着墨镜，双手交叉放在胸前，两腿叉开，活脱脱香港电影电视中黑社会的打手。那个女人没等"老套筒子"发问，推开她径直走进院子里。

"老套筒子"急了，哎，哎，你做什么，就是来要饭，不唱几句要饭的歌也得说几句人话，叫我一声奶奶吧！

我叫杨花，是这家的女主人！杨花理直气壮地说，咱俩有个要饭的，但是你不是我。她说着，向那两个男人挥了挥手。其中一个男人从车上抱下一只纸箱，然后从箱子里取出几个镶好了照片的镜框，又拿出气钉枪在客厅醒目位置上打了几个洞，锲上钉子，把镜框挂了上去。一个镜框里是报纸上登过的首长与张梦仁、杨花的合影，一个镜框里是张梦仁和杨花结婚照。杨花还披着婚纱……一直沉默着的"老套筒子"突然爆发了。她从厨房里出来时手里还拿着锅铲子，这回派上了用场。她挥起锅铲子就向杨花打去，杨花躲闪不及，啪得一声响打在了她的右脸颊上，疼得她哎哟叫了一声。那两个男人见状冲上前，帮着杨花把"老套筒子"摁在地上。用当地乡下人的话说这种行为叫"拉偏架"。杨花为了保护身材常期减肥，身材瘦弱，本来不是五大三粗的"老套筒子"的对手。那两个男人一"拉偏架"，"老套筒子"反倒被杨花骑在了身下。她一边挣扎，一边扯着嗓门叫起来，来人啊，救命啊！来人啊，救命啊……

其实，杨花一进村，就有一些人看到了。有人还认出了她，说张梦仁的小媳妇来了，等着瞧吧，张梦仁家里有好戏看了。等到"老套筒子"和杨花打起来，高喊救命的时候，她家院子里里外外已经聚了一些村民。

在张沟村这一带的山村，除了广播电视外，村民一年到头没有多少娱乐节目，再说电视在张沟还没普及，只是一部分人家中有，而且信号常常中断。村里人吵架骂架就成了一项娱乐。他们称吵架骂架为剋。男人们之间剋架比较简单，骂几句就辟哩叭啦动手，谁把谁打倒在地，或者是谁在对方拳头下示弱了，甘拜下风了，也就分出了高低。有时村东头响起两个男人的叫骂声，村西头的人小跑过去，剋架已经宣告结束，有人形容说比撒泡尿还快。女人们之间剋家是重头戏，有看头。一般来说，女人剋架的戏故事情节并不复杂，有的是因为男女关系问题，有的是因为背后说闲话问题，有的是因为争地边问题，有的是由于孩子之间吵嘴打架引发大人之间动嘴动手……但是，开场后故事发展却完全不以人的意志为转移，甚至牵扯的人物，上场的人物越来越多，祖宗八代都翻个了遍。一般情况下，女人之间剋架舞台也大，在地里干活时，一个在地南头一个在地北头；在村里时，各自在自家的家门口。不到最高潮时，很难纠缠在一起互相动手。而一旦动手，你扯我的头发，我扯你的头发，大多情况下还会互相撕衣服，所以当地人又把女人剋家称之为"撕巴"。只听一阵刺啦声响过，两尊雪白的肉体呈现在人们眼前，这时戏才到高潮，也才有人会上前把双方拉开。张梦仁平时回来少，和老少爷们感情日渐淡薄。"老套筒子"平时则耀武扬威爱显摆，不把别人看在眼里，引起不少人对她妒嫉，加上乡村里也流行仇富的情绪，所以"老套筒子"喊了叫了半天，人们也只是在她家门里门外驻足观看。她的几个牌友来了一阵子，也是在一旁看，直到她的喊叫声越来越弱，才吵吵着进了屋，把她从杨花身下抢救出来，拉到了院子里。

"老套筒子"指着屋里骂杨花不要脸，臭婊子，我还没撕巴你，你倒骂上门来了。我打十八岁进这个门就没挪过窝，你是哪块地上长出的葱，凭什么来撵我？

杨花也从屋里出来了。她说不是我撵你，是你男人撵你。我和张梦仁正式登记结婚的，我理所当然是这家的主人！你死皮赖脸在这待着，我不撵你撵狗啊！

"老套筒子"说，我在这院里生活了四十年啦，给张梦仁生了四个孩子，是张梦仁明媒正娶的媳妇。你是主人，你主个屁！

杨花说，你给张梦仁生了孩子我也给张梦仁生了孩子，你是明媒正娶，我和张梦仁也有结婚证！

故事的发展没出人们意料。两人骂着骂着就扯到了张梦仁身上。杨花说张梦仁和你已经快十年没有夫妻生活了，这是他亲口给我说的。她说你急了，还咬他的鸡巴。可他和我在一起，一夜少说得要两三次——

人群中几个年轻的小伙子哄堂大笑。

"老套筒子"说他张梦仁的鸡巴长了多少根毛我都一清二楚，你能数过来吗？

两个人吵着骂着，仿佛都忘记了饥饿。围观的人中有的回家端了饭来，边吃边看，饭也吃完了。这时候，我妈闻到一股焦糊味，刚说了句哪里失火了，"老套筒子"家的厨房里就砰砰响了两声。原来是"老套筒子"锅里的水烧干了，锅爆炸了。"老套筒子"到厨房里关上火，又气急败坏地跑出来，一屁股坐在地上哭天抹泪地大骂张梦富。

张梦富你个狼心狗肺的东西假正经，收了张梦仁的好处，帮着张梦仁一块跟我藏蒙蒙。你是什么狗村官，草管人命！

我当时也跟着大人去了"老套筒子"家看热闹。我说张大娘你说错了，那叫草菅人命。我妈在我屁股上打了一巴掌，小孩子别插嘴，快回家写作业去！

一个牌友看天不早了，说怎么村干部一个不露头，要是首长这时候来那就有好戏看了！

首长是三天前来的张沟村。那天一大早，张沟村人发现村里来了很多陌生人，有老有少有男有女。张梦富把村民叫到村口开了个会。他说咱张沟村最近短短一个月翻天覆地的变化大家都看见了。这是因为什么，是因为上级支持咱们老区。今天上级又派了这些同志来，咱们沿着路的人家，每家一个。家里只有老人的，就带个小伙子或闺女回去，权当是自家儿女；家里只有小两口的，就领个老人回去，就算认了个干爹干妈。我把话说在前头，今天乡里给咱村每户补助一百元，谁要是弄砸了，不光一百块不发，还得罚两百元！

接下来，那些陌生人拿着事前发的条子，跟着村民进了户。那些人不知道发生了什么事，村民们也不知有什么事要发生。那天是个星期天，我也在家里。我妈领了一个大姐姐回家，让我喊姐姐，还说有生人来问，就说是亲姐姐。我喊了那个大姐姐一声姐，她很高兴，搂着我的头，问我上几年级，学习怎么样？最后又问我喜欢不喜欢她这么个大姐姐？我问她是从哪儿来的，她沉吟了片刻回答说是从县机关来的，在县机关当打字员，来这儿是当演员。一听说演戏我来了劲。要知道我们这个偏远的山村几年也没来过剧团。我问她演什么戏？她你弄虚作假，好歹也得有点影子，不能太过份了。假扮夫妻那也是假扮，就是假扮也是扮着扮着成真的多。

的神情马上严肃起来，望着远处的青山，若有所思地说了一句你现在还看不懂，姐姐也看不懂。我妈在一旁接上说造孽啊，就不能少折腾俺们老百姓。她接着又给那个大姐姐说了张梦仁家的事。那个大姐姐听了，眉头皱得更深。

到了我上大学那年，那个姐姐已经当上县里一个部门的领导。她经常下乡调研，还不时举发生在张沟村的那场闹剧告诫自己和单位的同志，搞调查研究一定要深入，不能走马观花，更不能弄虚作假。

我清楚记得那天10点多钟的时候，村口响起了警车的警笛声。村民们在驻户人员的带领下，有的在门口观看，有的在院子里观看。可是只看见几辆面包车驶过，看不清车里边坐的人。一个小时后，浩浩荡荡的车队离开了，驻户人员也撤离了，村民纷纷走到村街上，互相打听着发生了什么事。有几个上学的孩子告诉大人，咱村来了位首长。村民们才恍然大悟。可是，村里老老少少没人对这事评论，毕竟家家都领到了一百元钱的补助。这一百元钱对还很贫困的张沟村村民来说真正是钱。谁要是吵吵出去，坏了大伙的事，还想在张沟立足吗？

张梦富其实早已听到了张梦仁家中的吵骂声。他与张梦仁家住得不远。他之所以没出面，是因为他没法子出面。这事一开头他就不赞成。你弄虚作假，好歹也得有点影子，不能太过份了。假扮夫妻那也是假扮，就是假扮也是扮着扮着成真的多。电影电视剧中演的地下党假夫妻不都最后成了真夫妻。张梦仁这算啥，他不是假扮是真扮，还要领结婚证，太荒诞了吧！可是他没敢和刘乡长他们顶。他万一较真顶起来，张沟这个典型撤换了，修路、盖学校、村委会重建、农田设施整理也都成了泡影。他不能因张梦仁一个人的事毁了大家的事。他也想到了今天的结果。作茧自缚，这是张梦仁那小子自己干的事，让他自己解决去吧。两个女人他到底要谁，说白了也要由他自己定。一个村支部书记到那儿怎么解决？"老套筒子"是张梦仁明媒正娶的媳妇，为他生了四个孩子，这是板上钉钉的事实，可那个叫杨花的女人也跟了他多年，为他生了孩子，还领了结婚证。这就不是村支部书记能断的案子。随他们去吧，孩哭抱给孩他娘！

张梦富知道躲在家里也不是办法。他骑上自己的破自行车去了乡政府。解铃还需系铃人，你刘乡长不能把这麻烦事都推给我。

六

刘乡长这回是立了大功的人。

陪同首长一同来的人说，首长一路上看了几个贫困点，心情都很沉重。首长说新中国成立四十多年了，改革开放也十几年了，还有这么多群众生活在贫困线上，我们责任重大啊！首长看了张沟村新建的学校，连连点头，说这个村虽然不富裕，但重视教育，再难不能难教育，再苦不能苦孩子这话说的也好。不过，直到那时首长还是一脸严肃。刘乡长心里忐忑不安，是不是首长看出了什么破绽，抑或是招待不周？他的两眼一刻也没离开首长的脸。

一进张梦仁家，杨花笑容可掬地迎出门，先是自我介绍：

生在农民家，
长在阳光下，
苦水也养人，
名字叫杨花。

首长听了哈哈大笑，哟，想不到在山沟里遇上了女诗人。气氛一下子活跃起来。首长和杨花、张梦仁谈了十几分钟，走时主动提出要和杨花夫妇留个影。张梦仁让首长站在中间，首长不同意，你老张是主人，你站中间。

　　送走首长回到乡里，乡党委书记拍着刘乡长的肩膀，哥哥你这回立大功了。首长身边的人说，这几天首长是第一次开心大笑。

　　果然，这两天传出乡党委书记要调走，刘乡长要接乡党委书记一职的消息。乡里有个别工作人员见了刘乡长，点头哈腰说书记好。刘乡长心里挺自在。

　　刘乡长正在写总结，张梦富风风火火闯了进去。进屋后一句话没说，摸起刘乡长桌子上的中华烟，点了火就蹲在地上抽。抽了两口，好像不习惯，就在地上摁灭了，然后又掏出自己的烟点上。刘乡长问梦富你什么事赶得满头大汗？接着又开了句玩笑，不会是你老婆要生孩子难产吧？

　　张梦富说我老婆生孩子也用不着我急。

　　刘乡长一下子明白了，神情紧张起来。其实，首长视察张沟村的第二天，张沟就出了事，如果不是刘乡长闻讯及时赶到采取措施，可能会引发一场群体事件。

　　张梦富为了整治村容村貌，成立了个村容村貌整治队，聘用了六、七个年轻力壮的小伙子。当时承诺是事后每人每天补助 10 元钱。可是，首长视察过后，他们找村会计要钱时，村会计却苦着脸说钱用完了，还欠了几千元钱的债，乡里不给，又不敢向村民摊派，不知怎么补这个窟窿呢。

那几个不干了。前前后后加起来，一共 45 天，每天 10 元就是 450 元。种一季的粮食刨去农药化肥、用电用水，不算劳动力成本，收入也到不了这个数啊。于是，他们就和张梦富闹，威胁张梦富如果不把钱给他们，他们就到市里省里和北京去告状，告村里乡里县里弄虚作假欺骗首长。张梦富急了，去乡里找刘乡长。刘乡长开始直跺脚，熊羔子想造反啊？我马上叫派出所去把他们抓起来。

张梦富头摇得像货郎鼓。刘乡长这法不行。你没理由抓人家。再说了，你抓了他们，他们家人也会去上访。弄虚作假欺骗首长，这事捅上去可大了。

刘乡长连续跺了两下右脚，操，弄假事真他娘的累！这时，组织上已经对乡党委书记考察过了，近几天就宣布。他这个乡长能不能接上乡党委书记，现在是关键时刻。

最后，刘乡长从乡财政拨了三千元钱，才算把事摆平。就这样，那几个壮劳力还不满意，相约一起离开张沟，到省城打工去了。

现在，张梦富慌慌张张地又跑了来，刘乡长马上意识到事情不妙。他问张梦富是不是张梦仁家出事了？没发生流血冲突人命吧？

快了！张梦富说，两个女人剐起来了。我估摸着，我出来半天了，这回可能都动过刀子了！不知谁已躺地上了。

真是说曹操曹操就到。张梦富的话刚落音，刘乡长办公桌上的电话就响了。电话是乡传达室打来的。他接完电话，跺了一下左脚又跺右脚，然后一屁股坐在椅子上，好大会儿才吐出两个字：来了！

刘乡长的话刚说完，披头散发的杨花闯了进来。她一手举着她、张梦仁和首长的合影照片，一手举着她和张梦仁的结婚证，一进门就跪在地上，刘乡长您得给平民做主！

刘乡长呆若木鸡地坐着，大口大口地抽烟，一句话也不说。张梦富蹲在一个角落里，低着头不敢看杨花。杨花说梦富支书你也别把头藏裤裆里，那不是藏头的地方。你要还是个男人你就说句公道话。

她这话把张梦富激怒了。张梦富忽地一下站了起来，一边向外走一边气咻咻地说老子不管了，老子也出去打工，不在张沟呆了。走到门外，又回过头来冲杨花吼了一声，人家"老套筒子"是张梦仁明媒正娶的，不是假货！

乡政府机关一些人不敢到刘乡长门前围观，只能在办公室议论。有的说弄虚作假到头来是搬石头砸了自己的脚。有的说当时派咱们去也是当群众演员。首长临走前说过一句话，怎么这个村的村民戴的帽子都是统一制作的，村里不是很多人到外打工去了吗，这村青年人那么多？幸亏县长脑子转得快，给首长说是民营企业家张梦仁怕乡亲被太阳晒，统一发的，才算糊弄过去。有的说首长心里明白，也没办法，他总不能当着那么多人把真相说破了吧！

刘乡长被杨花吵得烦了，你们家的事找张梦仁说去，我还要开会！

杨花说你不给我做主，我就去县去省去北京找各级领导。我是张梦仁合法的妻子，那天去的各级领导都可以作证，这张报纸，还有结婚证也都是真的。

刘乡长心里打怵，表面上还做出不畏惧的样子。你爱上哪找上哪去找。我管不了你们家庭这些破烂事。

杨花还没摆平，"老套筒子"又骂上门来了。"老套筒子"更绝，一手拿着纸质已发黄的她和张梦仁的结婚证，一手拿着瓶敌敌畏（一

56

种剧毒农药），说刘乡长你要不给我作主，把老流氓张梦仁和这个破鞋法办了，我就死在你乡政府。

刘乡长气得跺了一下右脚，说要法办我先法办你！你看看，你看看你还拿着药瓶子想干什么，投毒啊，搞破坏啊?!

"老套筒子"说算你心狠。古时候秦香莲告状申冤还碰上了包青天包大人，一刀铡了包二奶的陈世美，今天你刘乡长公开包庇张梦仁，我问你屁股坐哪儿了?

刘乡长一拍椅子吼道，我屁股坐在椅子上，有本事你把椅子砸了!

他想激怒"老套筒子"，让"老套筒子"做出违法的事儿。你要违了法，我就有法儿治你。这是刘乡长当乡长几年里总结出的心得，或者说他的执政经验。现在已经进入新世纪了，社会在变，利益格局在变，人的思想、理念、性格在变，农民不是过去那样老实巴交、任人摆弄的农民了。中央这几年不断推进乡镇政府职能转变和干部作风转变，老百姓天天睁大眼睛看着你，监督你，一遇上不公平不高兴的事就向上反映，用刘乡长和乡政府同事私下议论的话说是，农民一张纸可能就让你下台，一个电话可能就让你滚蛋。当然，他也有他的招，对付农民的招也没有你还当乡长?! 有一回张梦仁要在乡政府所在地的镇子建农贸市场，需要占几户农民的承包地，其中有一户农民嫌补偿费少，硬顶着不让动他的承包地。刘乡长和张梦仁商量，把一台大型推土机放在那户农民地头上，一连几天那户农民租的农机都进不了地。那户农民来乡政府告状。刘乡长问他占你家地了吗？那个农民说没有。刘乡长又问，那个铁家伙会拉屎撒尿吗？那个农民回答说不会。刘乡长说这不就得了，人家推土机放那儿既没占你家一角地又没对你家地

里拉屎撒尿，没得罪你啊。机械坏了，厂方维修人员还没到，官不差病人，何况一堆钢铁。那个农民说它挡了我下地的路。刘乡长说那你想想办法叫它给你让路呗。那个农民打张梦仁的电话，不是关机就是不便接听，老是联系不上。眼看着要误农时不说，多耽搁一天还得多付一天租农机的钱。那户农民恼羞成怒，当天晚上找了辆拖车和几个人，想把推土机从自家地头移开。没想到张梦仁早让下属的工人做了手脚。张梦仁第二天到乡派出所报案，说那个农民把他的推土机一个主要部件给弄坏了。这样，那个农民反倒成了被告。眼下，刘乡长心里明白，"老套筒子"只要砸他的办公桌，或者对他动手，他就可以说"老套筒子"寻衅滋事。

"老套筒子"脾气是大，但心眼不傻。她说那是你的椅子，要砸你自己砸。我砸你的椅子还怕脏了我的手。说着，她拧开了敌敌畏的瓶子盖，送到了嘴边。你刘乡长不给我作主，我今天就死给你看看。

刘乡长急得跺了左脚又跺右脚，两手摆着招呼门外的乡政府工作人员进来帮忙。你们是看大戏呢？快，快，快来人把她拉出去。

那几个乡政府工作人员你推我、我推你，谁都不愿进屋。

"老套筒子"咬住敌敌畏瓶子的瓶嘴，说刘乡长你要不说公道话，我真喝下去了。

杨花在一旁嘲讽地说你要喝就喝，没人跟你抢。你千万别对自己客气。

"老套筒子"又问刘乡长你到底公道不公道？你不公道我现在就喝了啊。

门外有人笑出了声，这娘们真有意思，说了都第三遍了，就是不把敌敌畏朝肚子里咽！

张梦仁和他大儿子就是这个节骨眼的时候赶到的。原来，杨花和"老套筒子"在家里刚一开闹，村会计就给他打了电话。他花了好大一阵功夫，才在县城最豪华的洗浴中心找到还在睡觉的大儿子。大儿子一开始不愿意跟他来。大儿子说你自己做的事自己去摆平，我没空跟你出臭头。张梦仁急了，说你不疼你爹，连你娘也不疼吗？要是你娘有个三长两短，你可不要找我要娘。这样，他大儿子才跟他来了。两个人路上已经做好分工。到了刘乡长的办公室他去拉杨花，他大儿子去劝"老套筒子"。"老套筒子"用劲一挣扎，手里的敌敌畏瓶子掉在地上摔碎了，流了一地上的药水既没起白色泡沫也没有刺鼻的味道。刘乡长这才长长地松了一口气。操，"老套筒子"这娘们的药瓶子里装的是水！

"老套筒子"见自己的招儿被拆穿，脸不变色心不跳，大大方方地说了一句，老娘的命没那么贱！然后扬长而去。

七

一个月后。

张梦仁重婚罪开庭。原告"老套筒子"在法庭上与杨花又唇枪舌剑地吵吵了半天，各自拿出了与张梦仁的结婚证。两张结婚证，两个女人，同一个男人，只是时间不同。张梦仁重婚铁证如山。最后，法庭以重婚罪对张梦仁进行宣判，但"老套筒子"突然当庭要求撤诉。她说我把这个没心没肺的男人让给那个臭不要脸的女人！我不是看他俩的面子，是看他俩的孩子还小——

不是当官太难了，是当好官太难了。

杨花扑通跪在"老套筒子"面前。大姐，我以后就把你当亲娘，不，当亲姐姐。

"老套筒子"呸了一声，我亲妹妹不会像你臭不要脸！

张梦仁和"老套筒子"、杨花的事情到此结束了。

刘乡长理所当然地受到了党内严重警告的处分。据说市、县都不想把事情闹大，才给了他这样一个处分。偏偏刘乡长不服气，一气之下辞职下海去北京经商了。临走，他去了一趟张沟。张梦富请他在自己家里吃饭。两杯酒下肚后，刘乡长脸红了，眼睛也红了，发自肺腑地对张梦富说，老哥，如今当官太难了，尤其是咱这些基层的官。

张梦富拍了拍刘乡长的肩膀，说我也给你说句掏心窝子的话，不是当官太难了，是当好官太难了。末了又说，要是在过去，我敢拍你肩膀啊？

尾　声

十年后，已拥有千万资产的刘乡长刘老板在北京与张梦仁邂逅。刘老板身边竟然带了两个年轻漂亮的美女。张梦仁问，你是不是也想学我弄个重婚罪。刘老板笑了，谁像你傻，非得把人搞大肚子，生孩子，死活缠着你。看看咱，不是新郎，但夜夜当新郎，多潇洒！

刘老板还告诉张梦仁，说那位去张沟村的首长几年前退休了，喜欢打高尔夫球，有一次他和那个首长在高尔夫球场遇上了。首长问他，张沟村那个张老板叫什么花的小媳妇又给他生孩子了吧？刘乡长说我他妈真想把事实真相告诉他，可想想还是忍住了。人生就是一场戏，真真假假，假假真真，何必让老人家为自己参与过那么一场闹剧而难过呢！

张梦仁说兄弟你比过去还成熟！不过，那可不是闹剧，就是闹剧也是你们导演的。

刘乡长说兄弟你错了。你、我都是演员。

那谁是导演？张梦仁不解。

刘乡长没回答。过了一会张梦仁又问，首长那天真没看出是咱演得一出子戏吗？

刘乡长跺了一下左脚，说人家首长官至正部，走过的桥比咱走过的路还长，什么事看不透？我听"四眼书记"说过，首长除了没看出你和杨花当时是假夫妻，别的都看破了。回到北京不久，首长就写过一篇文章，呼吁要说老实话，做老实人，办老实事，没点名地批评了咱县咱乡和张沟村。

张梦仁噢了一声，若有所思地看了看晴朗的天空。

刘老板说，说老实话容易吗？喊多少年了，不照样还有人弄虚作假。我前些日子在一家报纸上看到报道，说咱那个县森林覆盖率达到了百分之八十，扯蛋吧？

张梦仁笑了，怪谁？要我说，就定个吹牛皮税，你看还有人敢吹吗？

两人相视一笑。

临分手，刘老板对张梦仁又交待一句，你丫别太无情，抽空回张沟村去看看"老套筒子"。那老太婆脾气是不好，心眼可不坏！

原载《特区文学》2011 年第 2 期

《北京文学·中篇小说月报》2011 年第 3 期选载

《领导科学》2011 年第 4 期选载

并非游戏

一

马沟村支书马平安突然病逝的消息传到钢山县政府大院，县长周大保立即停下正在主持的一个会议，驱车赶到马平安家中。这让马平安的两个儿子感动不已，按照当地规矩，两人给周大保磕了三个响头。

马平安的大儿子马金山说，周县长你太讲究了，我爸要是地下有知，肯定会感激不尽的。二儿子马银山说，我爸前些天还说过，我死后咱县的那些官中第一个行来往的肯定是周大保！马金山剜了弟弟一眼。周大保却好像没在意，用纸巾擦着眼睛，说，应该的，应该的。马书记是咱县大名鼎鼎的老先进老模范，连续三届县人大代表，对他突然的、不幸的去世，县委、县政府感到非常的、强烈的悲痛。他说完，朝帘子后边瞟了一眼。

按照这一带的习俗，人死了以后要设灵堂，前边挂着一张白布帘子，正中间悬挂死者的遗像，两边是寄托着子女哀思的挽联。布帘的后边放着死者的棺材。这些年各地加大和加快殡葬改革的步伐，人死后当天即要送到火葬厂火化，临终住在医院的，一般从医院直接送去火葬厂。周大保之所以朝帘子后边瞟一眼，完全是下意识的，并非想看马平安的遗体。

行来往的一般在灵堂不作停留，因为后边络绎不绝有来者。当地有一种风俗，遇到"红事"也就是办喜事，办事的家庭不请不去，而遇到"白事"也就是丧事，听说了就要去行来往。行来往的一时不离开，孝子就得一直跪着，还得嚎啕大哭。至于有没有眼泪，没人拨拉孝子的眼睛去看。

转型社会无奇不有，尤其是在供需失衡的情况下。最近几年，马沟一带兴起了一个新行业——代哭，就是孝子花钱租人在灵堂外代替孝子哭，哭得越响表示孝子贤孙越孝顺、越伤心。马家的灵堂外就有几个代哭的男子汉。代哭的人毕竟受过专业训练，又拿了人家的钱，哭起来非常卖力，且节奏感强，词也是事前编排好的，一套一套的很有连续性。

也许是马家兄弟忽略了来的是县长，没有事前给代哭的人明确指示，代哭的哭着哭着出了岔子。一个说，我的爸呀，我妈早上还给您做了您最喜欢吃的面疙瘩汤，您没喝一口就撒手走了呀。一个说，爸呀，我妹妹还小，以后她想您的时候我拿啥话哄她呀？周大保听着，

眼角闪过一丝嘲笑。他太了解马平安的家庭情况，两个儿子，老伴早
在十几年前就去世了，怎么又冒出老伴和女儿？

马金山看出了周大保的心思，赶忙对弟弟使了个眼色，说，银山，
你在这招呼客人。我陪周县长到里屋歇歇。

马平安家是座三层的小楼。他本人住在一楼的东屋里，西屋是他
放东西的地方，中间是客厅，当地人称为屋当门，用来接待来家的亲
朋好友。现在一楼的屋当门做了灵堂，马金山只好招呼周大保上二楼。
周大保挥挥手说，不上去了，就在你爸屋里坐坐。老人家在世时，我
每次来你家，喝酒喝茶都在他屋里。

马金山只好打开了马平安住的屋子。门一开，周大保好像被什么
味道刺激了一下，鼻子哧哼一声，身子也朝后趔了趔。进屋之后，没
等马金山招呼，他主动坐在客人座位上，朝桌子上瞅了一眼，发现黄
花梨木的烟灰缸里的烟头冒了尖。这只黄花梨木的烟灰缸，还是前几
年他带队去海南岛参观，马平安在当地一家商店里买的。那些年，马
平安抽烟比较厉害，一天两包。这两年改成以茶代烟，走哪儿都带着
泡了浓茶的大杯子，一停下来就滋溜溜喝几口。这烟灰缸里的烟是谁
抽的呢？周大保有点儿纳闷。

马金山忙着要倒茶，被周大保制止了。他说，金山你别忙了，我
坐一会就走。你先坐下，咱说说话。

马金山原想在周大保对面的椅子上坐下，屁股快沾椅子时又站了
起来，另外搬了只矮凳子坐在周大保对面。这样，他就比坐在椅子上
的周大保矮了一半。周大保心里想，这个马平安的家规够严厉，他活
着的时候，晚辈和他说话时必须坐在矮凳子上，他死了儿子还不敢违

64

並非游戏

背这个规矩。想到这些，他又掏出张纸巾擦了擦眼睛，问道：你爸怎么走得这么突然？没送医院抢救吗？

马金山难过地低下头，说，我昨晚在县城有个饭局，快十点才回来，到他屋里请安。他刚和我说了两句话，突然脖子一歪，头就耷拉下来。我又拉又推，喊了好大会儿他也不理。再想把他送医院，一摸他的鼻孔，已经断了气……

周大保很有经验地说，那是突发心肌梗塞的征兆，你越拉他推他越麻烦。让我怎么说你呀金山？早几年每回见你爸，我都劝他再找个老伴。老伴老伴，老来有伴，能躺你身边，总比儿子……唉。

马金山悔恨交加，喊了一声爸，双手捂着脸哭开了。

周大保在屋子里走了两圈，递给马金山一张纸巾，问：你爸没留下什么遗言吗？你应当知道，他是马沟举足轻重的人物，他的遗言很重要……

马金山摇头，说，没有。太突然了。他一句话也没来得及说。

这之前他有没有给你交待过村里的事情，比如马沟煤业公司改制的事？周大保问，原来定的那个方案有变化，到底怎么变的？

马金山想了想，坚定地回答：没有。

周大保又问，会不会给银山说过呢？

马金山摆摆手，说，更不会。银山在县政府跟你干，又不属于马沟的人，我爸从来不给他说村里的事。

周大保似信非信地摇摇头，叹了口气说，非常可惜，十分可惜，强烈可惜。马沟是县政府确定的第一批改制试点村，在这改制的关键时候他突然走了……

马金山目不转睛地看着周大保，仿佛想从这位县长的表情中读出点什么。

　　周大保看了看表，说，时间不早了，县里还有个会等着我。

　　马金山慌忙起身，摆出一副送客的架势，说，您现在就走啊？

　　周大保的屁股纹丝不动。

　　马金山又问了一句，您这就走呀？

　　周大保嗯啊着，仍然没动，目光四下搜索着。稍停片刻，又看了看表，说我得回去了。可还是没动。

　　马金山只好又坐下，小心翼翼地问，周县长您还有啥重要指示？

　　周大保沉痛地说，我现在想着你爸的悼词中怎么高度概括、高度评价他的一生。

　　马金山感动地跪下给周大保磕了个头，说，周县长我谢谢您！

　　周大保让马金山坐下说话，马金山说，我站着就成，穿着孝袍总坐着不好。周大保就没再和他客气，严肃地说，得抓紧把改制的事完成了，这样你爸好有个善始善终。

　　马金山郑重地点点头，说，我都听您的。

　　周大保摆摆手，说，哎，不能这样说。不是听我的，是听马沟百姓的，再说深一点是听人民的。你是马沟村改制办主任，你第一次第二次的改制方案，你爸都给否了。

　　马金山说我爸就胆小，老是怕有人背后叨咕，说坏话。

　　周大保拉长了脸，让人说话天塌不下来。背后骂我这个县长的少吗？总不能这边骂了，屁股朝这边挪挪，那边骂了，屁股朝那边坐坐。我觉得你的第二个方案没有太大问题嘛！专家、县有关部门都没提多少意见。你抓紧改一改，争取这两天上村民代表会。稍后又补充一句：到时我也来参加。

周大保说完，见马金山答应得很爽快，才起身离开。

车子沿着村中的柏油路向外行驶时，周大保隔着车窗玻璃朝外看，发现村子里好像什么事情也没发生过，村民有的三三两两站在路边聊天，有的坐在门前一边晒太阳一边抠脚丫子，有的围着圆桌打麻将，还有的背着粪箕子朝村外的田里走，四五个小学生模样的孩子在踢足球，嘻嘻哈哈地追逐打闹着，就连狗呀鸡呀等小动物，也各自悠闲地做着自己的事情。

周大保是在农村长大的，他晓得村里不管遇到红白事情，村里人即使不是倾巢而出，也会家家派个人去办事儿的人家帮忙。他想起在马平安家除了见到他的两个儿子，听到有人代哭，再就是些看热闹的孩子。是邻里之间感情冷漠了，还是对马平安有成见？他想不明白：当了三十多年村支书的马平安，在马沟村怎么落得这么个人缘？

周大保大学毕业后被分配在县乡镇企业局工作。那时的马沟村村镇企业已经办得红红火火，有煤矿、煤场、运输队、铸造厂、砖瓦厂、服装厂，村集体经济年收入过百万元，在全县村级组织中排名前三，被称为百万村。

马平安虽然识字不多，但头脑灵活，思维敏锐，尤其学东西快。七十年代有一段时期兴起农民赛诗，只要有人把报上的哪类诗读两遍，他就能滚瓜烂熟地背下来，而且隔夜就能编改成自己的诗朗诵出来。这两年，他从报纸上看到一些先进地区的经验，马上就活学活用，但绝不是像有些地方照抄照搬，而是结合马沟的实际加以改造咱马沟只有吃苦在前的党员，没有见利就上的干部。

后借鉴利用。

马沟村在全县第一个铺上了村级柏油路，办起了第一个农民敬老院、第一家农民幼儿园、第一个农民图书室、第一个青年之家，还别出心裁地办了一个农民文化中心。那时人口还没有流动起来，农村青年外出打工的少，这些活动对青年人吸引力较大。省里一位领导来马沟考察后，惊叹这个村改革开放带来的巨大变化，称其为"明珠"，随行的省报记者写的长篇通讯就用了《中原农村一颗光芒四射的明珠》为题，占了省报大半个版面。

从此，马沟村成了闻名全省的文明村，前来参观的有关人员络绎不绝。马平安当年被评为省劳动模范，十佳村党支部书记。作为乡镇企业局的工作人员，周大保几乎每周都要到马沟村去一两次。他那时也是热血青年，遇事容易激动，马平安做的事情的确让他打心眼里敬佩。有一回年终发奖金，全村人均是一千元，村支部委员马奔提出：马平安的贡献大，奖金标准应当定得比群众高，建议给他定两千元。

马平安知道了这事，当着周大保的面就摔了杯子，马奔你小子别他妈的拿我说事。你给我定高，还不是想自己也定高？老子还没到老眼昏花的时候。告诉你，咱马沟只有吃苦在前的党员，没有见利就上的干部。这煤是谁挖出来的？这厂子里的活是谁干的？是马沟的老少爷们。反正老子把话撂前边，我一分不比群众多拿！谁要是想发财，就别当党员，别当村干部！

马奔说你不定高，群众又怎么定高，总不能年年一个水平不涨吧？马奔一气之下，就辞去了村党支部委员的职，自己买了辆车跑运输去了。

并非游戏

　　马平安对自己要求很严，但是对来马沟的客人却热情大方，好酒好茶好烟招待，临走还给带上点土特产，像三两只鸡、十来斤鸡蛋（一个纸箱），或者当地名酒名烟什么的。周大保他们年轻人没车坐，大多是坐公共汽车去。临走，马平安再忙，宁肯自己骑自行车或步行，也让自己的桑塔纳去专门送他们。

　　所以，周大保他们也愿意到马沟去，和马平安交朋友，当然也没少给马沟"吃小灶"，比如计划、项目、贷款等等。周大保当上乡镇企业局副局长时，听到有人说马沟是花钱培养出来的典型，非常生气，说，马沟村一开始是自力更生、艰苦奋斗干出来的。他们干好了，要上新台阶，要有新发展，上级当然要给予支持，这符合国家让一部分地区率先致富的政策嘛！你能说深圳是靠国家的钱建起来的？

　　不过，当上副局长，后来又当了局长、副县长、县长的周大保，的确到马沟的时间越来越少。有一年开人代会，他在会上见到马平安，马平安握着他的手开玩笑说，周县长，我有大半年没见你了！他说，惭愧，惭愧。第二天，他就去了马沟，当场给马沟村拨了三百万煤矿技术改造的费用。

　　两人吃饭时，马平安说乡镇企业局有个同志从马沟借了辆上海轿车，用两个月了，还没送回来。周大保恼火地说，回去我就处分他！马平安又摇头又摆手，可不敢，不敢啊！你处分了他一个，往后谁还敢和马沟来往？第二天，马平安派他大儿子给他家送了一套实木家具，还捎话给他：当副县长了，别再那么寒酸。

　　周大保一直以为，马沟村的群众对马平安是心存着一份感激的。周大保记得当年总结的马沟群众有十个不出村：村里有商场，买日常用品不出村；有卫生所，小病不出村；有文化中心，看电影看戏不出村……农村有句老话：不看吃的看穿的，不比穿的比住的。周边的村子，就是全县的村子，那些年有哪个能像马沟一家一户一座小楼？县里宣传本县形象的宣传画册上，新农村就是马沟村村民的住宅区。

当年马平安过五十大寿时，村里百十户人家，家家都去祝贺，光礼金就收了十几万，大家还送了一幅牌匾，上边"领头雁"三个大字还是时任县委书记受马沟村群众所托题写的。马平安把那些礼金全都给了村幼儿园，牌匾他也不让挂。他说我离群众的要求还差很远。那么多村子后起直追，农民收入超过了咱马沟，我心里着急啊！周大保的媳妇马红艳在他面前抱怨说，一开始就不收礼金，得省去多少麻烦！

马红艳也是马沟人，比周大保小两岁。周大保在马沟"蹲点"时，她在市里一家师范学院读书，还是马平安为他俩牵线认识，又撮合他俩恋爱、结婚的。马红艳长得好看，是马沟村的一枝花，马金山也追过她。她自己在学校喜欢上一个男同学，看不上又矮又瘦、厚嘴唇的周大保，用她的话说周大保的嘴唇比城墙还厚。马平安一次次找她父亲做工作，说周大保年轻有为，你家闺女找了这样的小伙子，还不是在银行存了一大笔现金？最后，甚至下了命令，你闺女要是不和他恋爱，以后就别踏进马沟村！

不知是出于对马平安"逼婚"耿耿于怀，还是经常听娘家人说三道四，马红艳没少了在周大保面前说马平安的坏话。每回，周大保都严肃地批评她，你就信你娘家人的挑拨。你自己回马沟，亲自到老百姓中间去听听他们对马平安的反应吧。我隔三差五去马沟，村里大人小孩三千多口子能叫上名字的也有一半，怎么没听哪个人说马平安一个不字？

马平安突然病逝，马沟村百姓虽然说不上有天塌的感觉，但也不应当反应如此冷淡，好像这个人与马沟村没有什么关系。这的的确确让周大保感到有些意外。

二

马平安的灵堂是中午前布置妥当的。为布置灵堂，马金山颇费了一番心机，他找来了县城里专门做殡葬的公司，提供从灵堂设计、装饰、用料，到唢呐演奏、代哭、行孝演出等一条龙服务。

灵堂设计了一座大门，仿照马沟村的村门，形状如飞腾的巨龙，仅大大小小的白花黑花就用了两千多只，全用的绸子而并非纸。灵堂一边搭建，唢呐就开始演奏。

本来那家专业殡葬公司有三支唢呐队，一般人家办丧事也就租一支，马金山让三支队伍全到他家来。公司负责人为难地说，还有两家已付过了定金，要不去人家得要赔偿。马金山说，赔多少都是我的。我再给你加两倍的钱。这样，三支唢呐队吹奏起来声势浩大，几里外都听得清清楚楚。马金山得意洋洋，马银山却感到困惑，几里外都听得清楚，本村的人怎么就听不见，好像集体得了聋哑病。

刚送走周大保，街上有人说，天朦朦亮的时候，还见平安叔的大皇冠从街上出去，一眨眼的工夫怎么人就不在了？马金山听出是马奔，蹭地窜了出去，想找他理论理论。可是，只看见了马奔那辆宝马车的后屁股。他气得对着空旷的村街跺着脚大骂：哪个狗日在嚼舌头根？谁家儿女拿自己的老子玩游戏？

71

马金山瞪了弟弟一眼，说，就你这软皮蛋性子，
在官场上也没大前途。

　　马银山把他拉了回去，痛心地说，大哥，咱在办丧事，能少惹点麻烦就少点麻烦，不惹更好。马金山瞪了弟弟一眼，说，就你这软皮蛋性子，在官场上也没大前途。你要是听我的，早点回家来帮咱爸打理煤矿，咱爸也不会那么累。马金山自己正在办移民加拿大的手续，所以心思一半在马沟一半在国外。

　　马银山说，前几天咱爸去县城，吃饭时征求我对改制的意见。我明确给咱爸说不支持把煤矿改制归个人或少数人。煤在咱村地下，矿也是当初村民集资和村集体名义从银行贷款的，再说咱村有的三代人都挖过煤，凭什么就改制归咱？

　　马金山喘着粗气，用夹着烟头的手指点点马银山，说，怪不得咱爸犹犹豫豫，直到今天也没签字，原来是你投了弃权票。我告诉你老二，我坚定不移地支持改制，上边也压着让改，你一个人反对没用。周大保找咱爸多少回了，说咱马沟过去是老先进，这次改制成了老落后。你是不是想让咱爸戴着老落后的帽子去见马克思？

　　马银山用左手推开马金山的胳膊，用右手扇了几下飘荡的烟雾，理直气壮地说，咱爸不是犹豫，是压根不情愿。他和我的观点基本一致。咱爸亲口给我说，我马平安见马克思之前怎么就成了煤老板了呢？让老百姓人人有股份有财产怎么就不行呢？马金山说，上边说得很清楚，改制就是打破大锅饭。人人有股，不等于没改？

　　两兄弟争执了一阵，无果而终。临近中午时，村子里除了几个和马平安家近房的老人来烧了把纸，再没有其他人来。马金山穿着孝袍，按规矩不能随便离开灵堂，但是他实在忍不住，到门口转了几圈，村街上有些来来往往的人，有的假装没看见他，有的看见他却绕道走小

胡同，对面几家明明在二楼的窗户朝这边看，目光和他对视一下就缩回头。

这一回，马金山点了一支烟抽着，从门口朝东溜达。他不信马沟村村民会对他爸爸的病逝无动于衷。妈的，要是那样你们就太没良心了。马沟村能有今天的好光景，不全是我老爸带着你们打拼来的？我老爸接过马沟的烂摊子时还叫大队，整个大队账上一分钱没有不说，还欠了三十多元钱的外债，你们家家户户撅着腚在坷垃地里流一年汗水，劳力多的能挣个十元八元，劳力少孩子多的还透支。现在呢，家家有在煤矿上班的，不缺零花钱，再加上孩子上学不花钱，家里人看病不花钱，老人在敬老院不花钱……这些都是村里包了。看看你们哪家没有摩托车，还有的买了小轿车。你们……他不愿再往下想。他觉得世道变了，人心也变了。

马金山一直走到路尽头的村东口，迎面碰上一辆红色丰田吉普车。那辆车已经从他身边驶了过去，突然又倒车回到他身边停下。车窗玻璃打开一半，露出一张雪白的脸和一双水灵的大眼睛。

其实，马金山一见车就知道是马平安的干闺女小荷，整个马沟村就她开红色吉普车。他一直疑惑这车是马平安帮她买的，马平安死不承认，说小荷能耐大了，全县两百多家小煤矿都用她经销的电缆。他清楚小荷的关系都是马平安给牵线搭桥，只是不愿点破罢了。

小荷冲马金山笑了笑，亲热地叫了声哥。她笑得太夸张，脸上堆积的化妆品在她的笑中一片片抖落。她说，你咋穿个大白袍子，让爸看见不骂死你才怪呢！她称马平安时从来不带"干"字。

马金山不喜欢小荷。心想，熊妮子仗着有几分姿色四处交际，你交际就交际呗，还打着我爹的旗号！他冲小荷吼道：你爸死了，你还笑得出来！

小荷大吃一惊，很快又笑了，哥你的玩笑开大了。我昨晚十点多还接爸的电话，他让我今天务必来一趟……

马金山惊慌地四下看了一眼，责怪地说，他接你电话没几分钟就闭眼了。

他这话很深奥，足以让小荷吓得浑身发抖。好好一个大活人，接你小荷的电话几分钟就咽了气，与你通话的内容有没有直接关系，只有你自己最清楚。

小荷果然心慌意乱，跳下车认认真真地看了看马金山的装束，双膝一弯跪在地上，双手拍打着柏油地面嚎啕大哭，我的爸呀，你好狠心呀，怎么连句话也不给闺女说就走了呀！你让闺女以后找谁为我做主呀！

马金山没理她。他想：你哭吧，哭得声越大越好，让马沟人都听听，我爹马平安还有一个有良心的闺女，你们也就知道应该怎么做了。

小荷哭了几声就爬了起来，从车上拿出一瓶矿泉水浇在手上，洗了洗手上的浮土，然后上了车，招呼马金山也上车，说，哥，那咱赶快回家给咱爸守灵去吧。

马金山皱着眉头，说，你就这样去？

小荷低头看了一眼自己身上的红夹克，眼珠子转了几转，不好意思地说，那我回去换件衣服再回来。她掉转了车头，没有熄火，但也没有开车。已经走出几米外的马金山回头看了一眼，见她正对着车上的反光镜给脸上补妆。他忿忿地骂了一句：浪货！

并非游戏

　　眼看村民到父亲灵堂行来往的稀少，马金山心里焦急，想了个主意，把他下属的运输公司的几个队长找了来，给他们下达了一个重要任务：养兵千日用兵一时，现在是你们给老子出力的时候了。然后，他按人头每人给他们分配了二十个名额，让他们带人来他家行来往，也就是给他父亲马平安磕头。

　　有个小队长嘟噜道，这事得人家发自内心，哪有赶着拉着的？

　　马金山咣当给了他一拳，谁来，可以带全家一起来，我按人头发钱。

　　布置完以后，马金山就在灵堂里等着。

　　马沟村三面环山，是在一条狭长的山沟里。春季的白天本来就短，处在山沟里的马沟村的夜晚比山外来得更早些，下午五点多钟的时候，黑夜的影子就光临了。负责管厨房的来找马金山，问他：马总，咱开多少桌席？马金山还没回答，马银山不耐烦地抢着回答道：按十个人一桌开席。马金山说不行，多开十桌，按咱定的宴席标准，八凉八热，一个也不能少了。接着又叮嘱一句：餐具全都换白色的。

　　马金山说完，转身上二楼他的房间里睡觉去了。他觉得这一天太累太累，仿佛用尽了他过去一个月的劲头。刚刚躺下，突然听到哭声大作，不光是灵堂内外，就连门前的村街上也哭声一片。他从窗户朝外看了一眼，果然黑压压的一群人，多是些上了年纪的老头老太太带着小孩子，还有些怀抱着孩子的妇女，大人孩子加起来有七八十人。

　　马金山先是高兴，村民终于有所表示了。转念一想又感到心疼，不是疼钱，而是为人情关系冷漠心疼。看看，看看，拖儿带女，拖拖拉拉的一大堆，又不到账房上账，吃完喝完一抹嘴，拍拍屁股走人。

我马家又不是酒店开业！就是酒店开业你也不能来白吃白喝。

他套上孝袍下了楼，打算把那群人吆喝走。走到最后一级台阶，突然又改变了主意。我马金山还缺他们吃喝这一点？来了就是捧个人场，图个好名声，让我老子知道马沟村还有这么多百姓念着他，并没有因改制问题忌恨他。这样一想，他心里坦然了些，返身上楼，又躺下了。

这时，手机响了。电话是小荷打来的，一开口就急不可耐地问：大哥，我爸把村煤矿改制的那些材料放哪了你知道不？

马金山一听也急了，骂了一句：哭丧呢你！哭丧也没见你真伸头。

小荷说，这是大保哥家嫂子、红艳姐让我问的，你别对我发火。我现在就和红艳姐在一起，她有话给你说。

马金山刚要挂电话，马红艳在那边开口了，他只好应付着，在心里对小荷发火：浪货，拿县长夫人压我！看我以后怎么整治你。

马红艳在电话里先是哭了几声，对马平安的突然病逝表示哀悼，不过，马金山听出背景有音乐声，像是在咖啡厅里。马红艳说，平安叔是个好人，也是我们家的恩人。那年我妈患病，你大保哥平时廉洁，手里不宽裕，没有存钱，好几万的手术费全是平安叔给掏的，救了我妈一命。我妈啥时提起平安叔，都感动地掉眼泪。她老人家千叮咛万嘱咐，让大保和我要像孝敬她一样孝敬平安叔。我和大保还没来得及孝敬他老人家。他老人家怎么就突然……呜呜呜。她伤心地说不下去了。

马金山有些激动，安慰着说，红艳你也别太难过。我爸也一直把你当亲闺女。马红艳说，我知道我知道。你问小荷妹妹，我妈走的时候我也没像现在，这心里跟天塌了一样。接着话锋一转，说，哥你也知道，平安叔跑几趟找我，说咱村煤矿改制，动员我跟着入股。他说红艳你是咱马沟的闺女，对马沟贡献最大，咱村资产你也有一份。你要是不带头入股谁入股？我为了支持平安叔的工作才点了头。到现在我们家大保到还不知道这事。

马金山心想，去你妈的！你男人私下给我爸谈了十几回，后来又在会上不点名地批评老先进变成老后进，拖了全县改制的大腿。甚至还威胁说，谁当改制的绊脚石，我就把他搬开，扔到历史的垃圾堆里！入股也是你老公的事。你家在哪个乡村改制企业入了股，你清楚我也清楚，全县的很多干部都清楚，只有你自欺欺人，以为别人都不知道。别看我马金山大大咧咧，少心缺肺，可是我敢作敢当，要就明要，拿也明拿，挣钱也光明正大地挣。不像你两口子既想当婊子，又想立牌坊，死不要脸！当然，这都是他的心里话，没有说出口。他也不敢说出口。

马红艳还在电话那头不停地说，你们家银山，我和大保也一直当亲兄弟待的。他从进了县机关，大保没少了关心他。上个月大保还对政府办主任交待，让这次报银山副科长。你也知道在县机关当个副科长多难，有的人干了一辈子，退休还是个科员、办事员。

马金山越听心里越烦，一会的工夫烟灰缸里的烟头都冒了尖。他不敢挂断电话，就把手机开到免提状态，放在床头柜上，任凭马红艳在那头唠叨，自己仰面躺在床上跷着腿继续吞云吐雾。

咚咚，咚咚，门外有人敲门。马金山说了声，门没关，瞎用什么劲。

大大！进来的是一个七八岁的男孩，看样子是走了急路或者心急

上火，脸蛋儿红扑扑的，额头上汗淋淋的，头发也冒着热气。马金山
骨碌碌翻身下了床，把那孩子抱了起来，亲了亲他的脸蛋，说，我的
小帅哥啥时来的？一个月没见了，来，让大大看看又长个没。

大大，我要见爷爷……男孩子嚎啕大哭，爷爷，爷爷！

马金山轻轻拍着他的后脑勺，念叨着，见爷爷见爷爷，大大带你
去见爷爷。

这个男孩叫马军，是马银山的儿子，刚刚跟着他妈妈秀红来的马
沟。马金山婚后生了两个女儿，都跟着他媳妇去了加拿大。打从马军
出生，他对这个小侄子就倍加疼爱。秀红曾经抱怨马银山说，你抱咱
儿子的次数还没他大爷抱的多。

马军两三岁的时候很调皮，常常和比他大两岁的马金山的小女儿
动手动脚，每回遇上这事，马金山都把自己的小闺女抱起来打屁股，
让她给马军赔礼道歉，惹得他媳妇很不高兴，说他对侄子比对闺女亲，
重男轻女。

马军在县城跟着爸爸妈妈，又在全托的幼儿园里，马金山去县城
很少见到他。每回见到马军，他都两眼放光，心花怒放，按马军刚学
会走路时喜欢在他脖子上骑大马的习惯，趴在地上让马军骑着跑几圈。
马军高兴地哈哈大笑，他也乐得闭不上嘴。马金山的媳妇有一次对两
个朦胧懂事的女儿说，你们也甭想着你爷爷的家产了。你爷爷百年以
后，你爸肯定不会和你叔争，就把你爷爷的家产全给了马军！

难道……马金山刚想了个开头，马银山进来了，开门见山地说，
大哥，咱爸的后事不能拖，怎样办你有个考虑没？

马金山说，不让你告诉小军他娘俩，你咋还是把他们接来了？

马银山有点儿恼火，不高兴地说，大哥，咱爸死了这么大的事能不让小军知道？万一他哪天找爷爷，我告诉他到地下去找吧，他还不得跟我拼命！

马金山语塞了。他常常被马银山说得答不上话来。马军又扑到爸爸怀里喊着找爷爷。马银山已经泪流满面，抹了把眼泪，也顾不得卫生，全擦在儿子的衣服上。然后把儿子抱在怀里，唭哼唭哼地哭出了声。

这时，楼下有人喊马金山的名字。马金山仔细听了听，是马奔粗豪的声音。他说，这个杂种到底来了。他还算有良心，没忘了当年咱爸帮他。他说着，从马银山怀里接过马军，举到自己脖子上，一颠一颠地下了楼。

三

马金山万万没有想到，马奔是来谈改制的事。

马奔在灵堂行过来往，又到账房上了账，然后对马金山说，金山兄弟，借一步说说话。马金山把他带到二楼的小客厅里，又故意从包里掏出一盒时下全中国最贵的烟，自己点了一支，对马奔说，要抽自己拿。马奔没有在意，掏出一根雪茄，晃了晃说，我抽这个，这个过瘾。

两人默默抽了一会儿烟。马金山不习惯雪茄的味道，呛地咳嗽了几声，才问，听说你越做越大，发了大财。马沟大人孩子没有不知道你是百万富翁的，背地里叫你"马百万"呢。

马奔说，哪里，哪里，比你差十万八千里。不瞒你说，外边对我

村里开煤矿时，他已经高中毕业，在村广播室看
广播，早晨太阳刚露头，播放"东方红，太阳升"，因
为马平安不允许放"军港的夜啊静悄悄"一类的歌。

的传言一半是猜测，一半是我故意炒作。现在这社会，你不炒作，不
包装，别人以为你没实力，不跟你合作不说，还处处欺负你。

马金山笑笑，嘲讽地说，你就不怕今后国家来个吹牛皮收税？

马奔也笑了笑，反唇相讥地说，那我也得先看你交不交。你不交
我也不交。

马金山好像意识到这个时候孝子不应当和别人说说笑笑，马上换
了一副沉痛的表情，低着头抽烟，不再看马奔。

吭，吭，马奔咳嗽了两声，说，金山兄弟，有件事本不应该这个
时候说，但是我考虑再三，觉得不说反倒不好。平安叔毕竟还没入土，
有些问题说明了解决了，他老人家也好入土为安。

马金山的心一阵惊悸，抬头看了看马奔，问，啥事？

马奔嘴上说着，不好意思，不好意思，兄弟别见怪，手却从衣袋
里取出张纸条递给马金山。马金山看了一眼，是一张盖着马沟村委会
大印的证明，上边写着马沟村开煤矿借马奔家盖房子用的大梁、石头、
砖头、水泥、木料等，都有具体数字，就连两张铁掀也在上边写得明
明白白。马奔说，你看仔细了，这是平安叔亲笔写的。

其实不用马奔点拨，马金山也认得父亲的字。再说，村里开煤矿
时，他已经高中毕业，在村广播室看广播，早晨太阳刚露头，播放
"东方红，太阳升"，因为马平安不允许放"军港的夜啊静悄悄"一类
的歌。村里有什么通知，他就用不太标准的普通话，在广播里宣读：
马沟村宣传站，现在广播通知。他常常把通知念成通吃，所以马沟的
年轻人私下称他"马通吃"。马平安为了开煤矿的事，白天在村"两
委"办公室开会，晚上约人到家里来谈，所以，马金山对这事的来龙

80

去脉也比较清楚。

当时村集体没有多少资金，马平安求爷爷告奶奶，从银行贷了一点，从别的地方借了一点，但是还差不少。村民对投资开煤矿态度不一致，投资不积极，有的担心在地下挖煤搞得墙倒屋塌，有的害怕投进去没有收益倾家荡产，有的说周边有几个国有煤矿，咱竞争不过人家，到后来在村子下留下几个窟窿怎么办？

马平安又急又气又累，病了一场。他躺在床上召开支委会，要求大家带头投入。马平安说，咱周边几个地下有煤的村子都动起来了。咱要按兵不动，就是端着金饭碗讨饭吃。我把准备给两个儿子盖房子娶媳妇的钱全拿出来，扔就扔了。这样，那几个村委也都纷纷表态支持。

马奔的那张借条，就是马平安在病床上写的。后来，马奔辞职单干，马平安要把借条上的东西折算成现金还给他。马奔说，平安大叔你也太会抠了吧？这么多年就是存在银行也得不少利息。

马平安生气地骂他，你小子像支委说的话吗？

马奔哈哈大笑，说，我已经不是支委了。就算我还是支委，还在马沟村，也不能老是跟着你无私奉献吧？现在是市场经济！

马平安说，你爱要不要。等哪天我一蹬腿走了，你去阎王爷那儿找我吧！

为此，两人很长一段时间里走对面也互不搭理。

今天，马奔来谈这事，让马金山心里着实恼火。他把纸条还给马奔，冷淡地说，这事我不知道。

马奔脱口而出地说，你不知道可以去问……他发现说走了嘴，赶忙停住了。马金山说，你是想说让我找我爸问是不？那你就找他去吧。我爸要是说还你一千万，就是把马沟煤矿整个给你，我也坚决照办！说着，他站起身，把烟头在烟灰缸里使劲摁了几下，明显是下逐客令。马奔急了，板起面孔，用夹着雪茄的手指着马金山，忿忿地说，马金山你怎么说话不讲理呢！

马金山说，我他妈就不讲理了，你能怎么着我？说着，一伸手把挂在墙上的双筒猎枪拿在手中，虎视眈眈地看着马奔。马奔也不含糊，弯下腰把头抵在枪口上，大声喊着：来吧，朝我头上打。你要不开枪你就是个孬种！

两人的争吵声惊动了马银山。马银山从楼下灵堂匆忙赶上来，一看眼前的架式，吓得面色苍白。他夺过马金山手中的猎枪，把马金山推出门，然后又拉马奔坐下，问了问原由，赔着不是，说，奔哥，这事你别朝心里去。一来我哥可能真不清楚那档子事，二来这个时候他心里特难受，情绪不好。反正千错万错都是他的错。不过你放心，等把我爸送走，我会好好和他谈谈。你手里有证据在这儿，谁还敢不认？如果马沟村没人认，我帮奔哥你打这个官司。

马奔说，银山你这才叫人话。他临出门，又回过头低声对马银山说，你爸扔下改制这个摊子突然走了，据我所知，咱村人要拿这件事说事。你没看见，哪有几个人来吊唁？老少爷们对你爸有怨气啊！百姓不可欺啊……

马奔走后，马银山一屁股坐在椅子上，长长地叹了一口气，喃喃自语地说，爸呀，您走得也不利索呀！

马银山大学毕业后就进了县机关工作。马平安对他的要求是不能落后。有一次他回家，马平安拿出一本存折，一只他上小学时背过的书包，让他面对面坐好。马平安先把书包递到他手里，问他:还记得不? 他的眼泪一下子就夺眶而出，情不自禁地叫了一声妈，就把书包紧紧贴在胸口上。

那只书包是他上小学前，身患重病的妈妈在十五瓦灯泡昏黄的光线下，一针一线给他缝的。他妈说，我去买书包，转了几个店，又贵又不结实。长大后他才理解妈说的不是真心话。妈实际上是知道自己的时间不多了，想把对儿子的情感通过这一方式表达。

马银山上初中时，有同学笑话他的书包太土，他用积攒的钱买了一只新书包，回到家把妈缝的书包扔在墙旮旯里。马平安发现后大发雷霆，把书包铺在他妈的遗像前，让他跪在上边。

马平安说，你妈那个时候拿针都费劲，给你缝这只书包，手指上扎了几十个几百个血眼。这书包哪条缝里没有你妈的血你妈的汗你妈的泪!

打那以后，一直到大学毕业，马银山随身带的都是这只书包。如今，马平安又把书包拿出来，语重心长地对他说，儿呀，你妈给你缝书包时还有一个心愿，就是让你无论到啥时候都不要忘记，自己是苦家庭苦孩子出身。苦孩子要想出人头地，就得靠自己打拼。

接着，马平安又打开存折让马银山看了一眼，说，这几年咱村里好了，咱家里日子也好了。我办了两个存折，两个全是你的名字。见他惊讶，马平安又说，为啥? 你在官场，是国家的人，就那点工资收入。你老爸不希望你像有的当官的那样，到处伸手捞钱，弄不好把自己折进去。老爸不巴望着马家出大政治家，但马家做官的必须是正经人，干正经事。我给你看这两张存折就是告诉你，你不要为钱犯愁，更不能为钱栽跟头。我跟你哥也说过了，你哥没意见。你要是为了钱栽跟头，我就一把火把这两张存折全烧了……

这些年，马银山一直没敢忘记爸爸的教诲，严格地说是把马平安的话当成紧箍咒约束自己、要求自己。周大保任常务副县长时，曾选他当秘书。那时的秘书已经不像过去的领导秘书那样专门负责写领导讲话稿和文章，这些事一骨碌交给了研究室。领导的秘书就是专职为领导服务的，像收收发发，接接电话，上传下达，领导外出时为领导开车门、拎包、端茶杯，领导家里有事了也得鞍前马后地跑等等。说白了就是个服务员，只是称呼不同罢了。

马银山不想做这个工作，马平安也不支持，只有马金山态度暧昧，一会说当领导秘书好，提得快，咱乡的书记乡长，还有几个经济好的乡镇的书记乡长，不是领导的亲戚就是给领导当过秘书的。要不是咱爸和周县长这层关系，秘书这差事八杆子也轮不到你！一会又说当领导秘书不好，你看看天天时间多紧，几乎寸步不离，就差没上同一张床了。你哪还有时间干自己的事。

不过，马银山是那种只要接了事就认真去做，做了还要做好的人。明明心里不乐意，做得却十分认真，前两个月的工作一直受到周大保的肯定。马红艳曾在电话中告诉马平安，银山兄弟干得不错，大保说他眼里有活。在当地人的话中，眼里有活这四个字是评价较高的。可第三月一开始，情况就发生了变化。

那一天，马银山陪同周大保到马沟参加小荷的矿山电缆厂成立大会。中午吃了喝了，临走时小荷交给了他两个信封，说，这个写名字的是给你的劳务费，没写名字的是给周县长的出场费。他当即表示拒绝，还严厉批评小荷。他说，小荷你这是让领导和我犯错误。支持民营经济发展是政府义不容辞的责任，周县长来也不光是冲你个人，而是冲全县的民营企业。你这样做把领导当成什么了？小荷笑着说，哥，这是规矩，你不懂。你只管交给周县长就行了。马银山说那不成。周县长会处分我！

第二天，小荷到县城来了，而且没经过他通报就进了周大保的办公室。又过了两天，马金山给他打电话，问他是不是犯了错误，让周县长不满意。他觉得太突然，又很不安。马金山说，这样吧，你主动向周县长提出来不适合做秘书工作。他还想问个究竟，一想不当秘书正合自己心愿，就作罢了。一周后，马银山就调离了秘书岗位。打那以后再见到马红艳，尽管她还像过去那么热情，一口一个银山兄弟地叫着，但是他从她的眼神中能够读到一种距离。

后来他回家时，马平安拍拍他的肩膀，对他说，儿子你行。

马银山一直为有个好爸爸感到骄傲。马平安带着马沟群众把马沟村搞得生龙活虎，连续多年保持全县经济发展先进村的荣誉，在群众中享有很高威望。他第一次骑自行车带女朋友回马沟，离村子很远就有马沟的村民在地里干活，或者在路上行走，看见他都远远打招呼。这个说：老二回来了。你爸要是忙，家里没人做饭，就带你媳妇到我家吃去！那个说：看马书记多有福气，找了个那么俊的儿媳妇。银山你劝劝你爸，让他多注意休息，我们劝他他不听。马银山的女朋友感慨地说，看来你爸真是个好支书啊！

马平安的妻子去世后，说媒的踏破门槛，可是他一概回绝，至今没再续弦。他又当爸又当妈，个中的酸甜苦辣只有自己和两个儿子体会最深刻。马银山曾坚信对父亲的忠诚和爱戴任何人不可比拟。如果不是村煤矿改制的事，他永远也不会和爸爸、大哥翻脸。

两个月前的一天晚上，马平安突然给马银山打电话，说是在县城和几个朋友多喝了几杯，让他送他回马沟。他在一家酒店门前的台阶上找到了酩酊大醉的马平安。上车以后，马平安不时摸摸他的头和脸，又是笑又是哭，让他觉得莫名其妙。在他印象中，爸爸从没有这样酒后失态的事情发生。他想，也许是两个月没回家，父亲太想自己了。哪个男人长得再大再高，在父母面前还是个孩子。

车子快到村口时，马平安让他停车。他以为父亲酒后经车子颠簸，可能想呕吐，就停好车把父亲扶下来。马平安突然冲着马沟村跪下，双手合十，由上而下地连续作了几个辑，哽咽着说，马沟村的老少爷们，我马平安对不住你们了！

父亲的举动让马银山大吃一惊。他上前去拉父亲，父亲跪着不动，他又不敢使大劲，怕把父亲拉倒了摔着。于是，他与父亲面对面地跪下了，诚恳地说，爸，你没有做对不起马沟村父老乡亲的事，心里应当踏实。

马平安说，我心烦意乱，心烦意乱啊！

马银山弄不清到底发生了什么事，掏出手机想给大哥打电话问问，顺便让大哥来帮他一起劝劝父亲。马平安听他在拨号，夺下他的手机，说，不要给那个畜牲打电话。他说，是我哥！马平安说，你哥他就是个畜牲。

已经临近春节，天气十分寒冷，到了晚上温度持续下降，又在空

并非游戏

旷的山野上，穿着大衣的马银山冻得浑身哆嗦，上下牙齿碰得咯咯咯
地响。马平安怕冻着儿子，才又上了车。他问马银山，乡村集体企业
改制的事你听说了吗？

马银山回答，听说了，市里县里都有文件，我看过。

马平安又问，说是一刀切了吗？

马银山说，好像是有要求，让年底前完成改制任务。

马平安突然出其不意地又跳下车，围着车子转着圈子，一边转
一边说，这咋办呢，这咋办呢！

马银山说，爸，上级让咋办就咋办呗！这事还能难着你。

马平安又蹲在地上想了一会，长长地叹息一声，问，儿子，你爹
当大股东行不行？

马银山没有马上回答，这件事来得太突然，父亲的态度也让他感
觉太突然，所以他必须认真考虑考虑。县里有相当一部分乡村企业已
经改制，从他所了解的情况看，有的改制较为顺利，有的改制遇到阻
力甚至闹出群体事件来。出事的地方或单位，主要原因是改制过程中
信息不公开、不透明、不规范。有一个村办的铸造厂，去年报的赢利
三百多万，是市、县明星企业，不到半年，改制时资产评估亏损一百
多万，村委会主任一分钱不用掏就买断了，乡里还倒过来还补他五十
多万。弄得村里几百个村民越级到市里上访。

你爹当大股东行不行？马平安又问了一句，接着说，你哥非得坚
持让我当大股东，还有，还有……

马银山知道父亲不说出的名字有不说的原因，他也不想知道。他
关心的是大股东占多少股，整个公司的股权如何设置和分配。他的问

87

题问完以后，马平安沉默了，好大会儿才蹦出一个数字：八十！

马银山听了这个数字反倒异常镇静。他说，爸，您怎么就占了八十，您怎么能占八十呢？您想过没有，这个数字一旦公布，咱马沟村人会是什么样的反应？

马平安站起来，跺了一下脚，说，回家，睡觉。老子喝醉了。

马银山把父亲送回家后马上回了县城。人还在路上，马金山的电话就打过来，开门见山地把他骂了一通，说他里通外国出卖自家利益，说他装模作样假廉洁……马金山越说越激动，最后告诉弟弟，咱爸回来就改变了主意，不想拿那么大的股。你知不知道，咱爸这股里不是他一个人咱一家人。咱爸要是不要了，不干了，得给咱家给我包括给你带来多大麻烦你知不？

马银山烦了，说，你们爱怎么折腾怎么折腾，这事与我没关系。

春节那几天，马银山除了初二按当地规矩回了媳妇娘家，初三在机关值班，其他时间都在家里陪父亲。他发现到家里来串门拜年的乡亲稀少，与过去每年春节络绎不绝地来人有很大反差。他还发现父亲和大哥之间好像有点儿疙疙瘩瘩。现在看来，这都与改制有关。因为当时说马沟村改制方案春节后就要公布……

马银山不愿再想下去了。他甚至怀疑父亲的突然病逝，和改制这件事有一定的关联。

四

怀疑马平安突然病逝诱因的不光是马银山，他的干闺女小荷也怀疑，甚至比马银山考虑的疑点更多。

并非游戏

　　小荷地地道道是马平安看着一天天长大的。她的父亲是马平安从小一起割草、放羊、玩耍的好朋友，母亲和马平安的媳妇也是邻居，从小就能玩到一起的好姐妹。她临出生的时候，母亲难产，父亲在水利工地上没赶回来，当时任大队会计的马平安用平车拉着她母亲，翻山越岭走了十几里山路，把她母亲送到镇卫生院。一路上，马平安几次摔倒，头也磕破了个大口子，流了很多血。她母亲躺在病床上，抱着刚出生的她给马平安磕了个头，说，俺娘俩的命是你给捡回来的。这闺女就是你亲闺女！

　　小荷从懂事开始，就经常在马平安家吃，和金山银山混得亲如兄妹。她七岁那年，父亲生病去世，家里的担子一下子重了。马平安那时已经当了村支部书记，给她母亲在村办的电磨房里安排了个搞清洁的工作，活儿不重，按月领补贴，母女俩的生活才没有陷入窘境。她从小学到初中、高中毕业，学费全是马平安帮着缴。在马沟村人的眼里，小荷就是马平安的闺女。小荷也一直以马平安的闺女自居，在他面前开口闭口称爸，省去了前边的"干"字，而在村里人面前提到马平安时，也是必先把"我爸"放做前缀。

　　小荷高中毕业后，因为没考上大学，就在村煤矿灯房当了一名工人。本来这个活既不脏也不累，还分三班倒，收入也不低，别的女孩想干还够不着，可是她只干了八个月就不愿干了，缠着马平安要到经营部门工作。

　　马平安看她性格大大咧咧，人也长得挺俊，说话有板有眼，是个跑业务的料，就答应了她。没想到她干了两年，建立了一些关系户后，又提出辞职，自己单独开公司。

这回，马平安狠狠地骂了她一顿，骂她私心太重，只顾着个人，不考虑大伙。她不吭不哈地听着，一句话不说。等马平安骂完了、停下来喘息的时候，她还是旧话重提，爸，我想自由自在，我想给自己挣钱。马平安一生气，几天都没理她。

小荷也不急不躁，不催不问，今天上县城呆两天，明天去省城逛几天，还去了北京、上海旅游。一个月下来，她琢磨着马平安的气也消得差不多了才登门，上来就掏出一大堆给马平安买的东西，有吃的人参含片、枸杞，有春夏秋冬替换的长、短袖 T 恤、羊毛衫、皮夹克，还有鞋子、围巾。马平安嘴上骂着，你这个傻孩子，花那么多钱干嘛，我一老头赶哪门子时髦？心里却乐呵呵的。小荷看老头子高兴了，才又提出了自己办公司的事。

马平安这个把月也对小荷的事作了反复思考。这些年，周边的乡、村企业倒闭的倒闭，改制的改制，不说是人心所向，起码也是大势所趋。自己的大儿子虽然还挂着村办运输公司经理的头衔，实际上大部分车的车主是他个人。马平安说过、骂过，甚至摔酒杯，大儿子不敢和他吵，就怂恿大儿媳跟他闹。大儿媳妇说，爸您也太保守太落后了，现如今哪还有像您这样天天替群众打工的？

马平安说，怎么着，共产党不为群众服务叫啥子共产党？

大儿媳妇说，拉倒吧您，周县长的媳妇马红艳私下开公司，还不是一家两家呢。是县委书记不知道还是纪委书记不知道，管了吗，查了吗？您心里比我和金山清楚，只不过嘴上不认。

马平安说，人家是人家，我是我。

大儿媳妇说，那您不也天天赶着金山给这个送礼那个送礼吗？

马平安急了，说，市场经济！一块蛋糕你想吃我想吃，谁把掌刀的人喂饱，谁才能分一块。

大儿媳妇哈哈大笑，嘲讽地说，爸，有您这句话就成了。

不久，马金山以他媳妇的名字在县城注册了一家公司。马平安想，自己的亲儿子也管不了，何况一干闺女？所以，他没再反对小荷的事。不过，他还是给小荷约法三章：不能打着他的旗号与马沟村企业做生意；不能像市场上有些人那样销售假冒伪劣产品坑害群众；不能像有的大明星那样偷税漏税。如果做不到，从此断绝父女关系。

其实，马平安的干闺女就是最好的名片。领导的子女经商，无须领导亲自打电话、写条子，甚至不需领导的子女自我介绍，有人想巴结还巴结不来。后来，马平安偶然一次听说马沟村煤矿在用小荷经销的产品，曾问过小荷是不是走后门了？小荷理直气壮地说，我的产品好，销路自然好。您老人家不会希望马沟的企业用伪劣产品、出安全事故吧？

马平安咕噜咕噜嘴，没说出话来。他发现自己说话越来越穰，有时觉得真理在自己这边，而一旦辩论起来又往往自己被对方说得哑口无言。大儿子、大儿媳妇也好，小荷也罢，说的都是事实。你总不能喊几句口号，就让人家服你吧！就说改制的事，周边村子集体企业大都改了，有的村领导一夜之间成了百万富翁，甚至千万、亿万富翁，老百姓有意见，那也没见再改回集体企业。别说改回来，谁要说集体这个字，马上就有专家骂你，领导批你，说你思想保守，想搞倒退，干扰市场经济……

小荷很精明，眼睛跟针一样能扎到人的心里，尤其是马平安的心思，她看得十分透彻。所以，马沟村煤矿改制的事，她不失时机地插了一腿，想占一部分股份。她踌躇半天，还是找到马红艳，拉上马红艳，老头子就不能不掂量掂量。你马沟村煤矿也好，其他几个村办企业也好，在发展过程中得到县政府主要是周大保的多少支持？改制你就不发展了？改制是为了更快发展，那还离不开周县长的支持。

在和马红艳取得共识后，小荷找马平安认真地谈了一次。马平安不是不懂世故，答应可以考虑。小荷说马红艳那份是干股。马平安这才急了，骂道：凭啥？凭她男人是县长？我给她五十万干股，等于给她五十万。她就不怕拿到手里烫着？

小荷说，爸您咋不算算账。您给她五十万，不要说以后周大保可以用种种名义给你三百、五百万，就是评估时少给您计算百儿八十万，两头不还是您赚大头。

马平安说，我这不是自己坑自己吗？

第一次谈话没有结果。这一次她到马沟来，就是想和马平安再进一步谈，没想到在村口遇到马金山，又从马金山嘴里得知马平安病逝的消息。她对马金山说回家换衣服，实际上是加大油门赶到县城找马红艳。她自己开公司以后，和马红艳的关系快速升温，几乎到了一日不见如隔三秋的地步。马红艳除了工作以外，大事小事都找她办，说是你办事，姐放心。马红艳入股马沟村煤矿这样的大事，来来回回搞协调的工作自然交给了她。两人见面，谁也没提马平安突然病逝一个字，而是直奔主题说起了马沟村煤矿改制。

小荷说，姐，马沟村谁接班事关重大，要是马金山接上了，咱姐两入股的事就难了。我知道他。他老婆孩子都移民加拿大了，他就想改制到自己名下，过一二年再转卖出去，然后卷了钱去和老婆孩子热炕头。

马奔这人怎么样？马红艳问，他也当过村委。听说他干个体以后，每年还给马沟敬老院、幼儿园捐款。

小荷一惊，马上明白马奔抢在自己前边找过马红艳。她眼珠子转了几个圈，说，马奔人是很能干，也讲义气。

小荷在商场打拼了几年，因为当下的官场和商场密切相联，所以她实际上是官场商场都熟悉。有的领导不允许别人说自己信任或喜欢的人坏话，认为那就是打自己的耳光。她就绕着弯子先说了几句马奔的好话。接着，冲马红艳笑了笑。

小荷的笑很有艺术，也可以说很有技巧，是那种藏而不露、委婉曲折的笑，马红艳当然看得出她的笑里有话，就催她说，我是问这人忠诚可靠不？现在谁还看能力，关系就是实力，实力就是能力。

县长夫人的话可谓高屋建瓴。小荷更是深谋远虑，吞吞吐吐地说，这个我还不太了解。我和他没共过事。就是，就是他和我爸闹翻那次我在场，听他临出门时扔了句话，叫什么鱼死网破。我爸当时脸都白了！

哎哟，咱可不敢跟这种人瞎掺和！马红艳刚喝一口茶，还没来及咽下去，阿嚏一声全都喷出来，飞溅到小荷身上。马红艳觉得有点不好意思，忙拿纸巾给小荷擦。小荷笑着说，没事，没事。姐你要是个男人多好，这一下我就为你湿（失）身了！

接下来两人又商量了一阵。马红艳提出选村支书得经过党员会，还得乡党委考察等等，手续太繁琐，时间来不及。马平安一死，马金山作为村改制办主任，把改制方案拿会上走个过场，一旦通过了，改起来费老鼻子劲。她说，小荷还是你先去摸摸马金山的底，就明着给他说，他答应给咱好处，咱就帮他顺利接上老头子的班。他要是不答应，改制的事他就靠边站，换别人干，到那时弄不好他还会排在外边进不来呢！

　　小荷就是带着马红艳的嘱托以及自己的心思，又匆匆赶回马沟村。一进灵堂，看见马平安的遗像，她心中忽然闪过一个问号：从来没听说老头子有心脏病，怎么会……于是，她扑通跪在地上嚎啕大哭，学着丧失亲人的妇女悲伤欲绝的样子，边哭边用额头碰地，当地叫"拾头"，是最能淋漓尽致表达悲伤的方式。

　　"拾头"的益处可以举出若干，比如让别人看不见到底流没流泪，比如可以朝前爬行。小荷三下两下就钻到了帘子后边，双手抱着棺材哭得更伤心。其实，她是想借此举看看马金山兄弟的反应。棺材里边如果是空的，他弟兄俩肯定会惊慌失措地来劝她、拉她。

　　马金山早看透小荷的心思。他讥讽地说，小荷你换件衣服的时间够长的了，该不会是现买布现做的吧？小荷呜咽着说，我一听爸病逝的消息，浑身都软了，踩油门的腿直哆嗦，没办法就停在路边，大哭一场，觉得好受点才敢开车。秀红过来劝小荷歇歇，人死不能复生，别哭伤了身子。小荷借机发了牢骚，说，爸平时身体壮得像头牛，能吃能喝，咋就突然得了病，还是心脏病呢？

　　我爸是气的！马金山没好气地说，村煤矿没改制前，上边给压力，压得爸脖子疼。一说改制，就跟发大水一样，上上下下、左左右右扑腾扑腾都涌上来了。爸几次给我说想找个地方躲一躲，清静清静。

并非游戏

　　马银山接过说，爸给我说过他甚至想过死，说活到这么一把年龄，就这些日子最累。咱这社会怎么了，有人见到有利就像饿狗闻到臭屎味一样，是我真跟不上趟，还是……他难过地说不下去了。

　　马金山说，就是前天，我爸在县城不知被什么人软缠硬磨了大半夜，我都睡着了还没回来。第二天一早我就听他唉声叹气。

　　小荷眨了眨眼，说，大哥你说的不对吧？前天的第二就是昨天，昨天早上我还在县宾馆见你和银行的人一块吃早餐呢！

　　马金山慌了神，赶忙改口说，那就是今天早上。我现在的心情乱糟糟的，像一团麻绳，哪记得那么清。不过，他越改口越让小荷心里犯嘀咕。她的两个眼珠仿佛充足了气的小皮球又鼓又圆，目不转睛地盯着马金山的眼睛。

　　恰在这时，马金山的手机电话铃声响了。他低头看了一眼来电号码，脸上出现异常兴奋的表情，侧转身子，用一只手遮挡着和对方说了几句。挂断电话后，他就焦急地对马银山说，领导要我去汇报给爸治丧的事。我去去就回。说完，他不等马银山表态，三下五除二脱掉孝袍，快步如飞地走了。

　　小荷听到汽车发动的声音，嘴唇边露出一丝不易察觉的微笑。

　　马银山好像对马金山作为孝子不在灵堂守灵也有意见，就对小荷说，你先回吧，这边有我。等出殡的日子定了再通知你。

　　小荷有点儿恋恋不舍，抹着眼泪，说，我当闺女的，也得给爸守灵。嘴上这样说，人已经朝外走，到了门口又回头说了句，二哥你也多保重。

　　小荷一出门，秀红闪身进来了，朝小荷离去的门口瞅了一眼，忿

忿地说，跟大哥像一个模子刻出来的，心里就只有钱，也不知要那么
多钱干吗？

马银山长长地叹了口气。

小荷一上车就给马红艳打电话，好像发现了新大陆似的惊喜若狂，
姐，给你说个信息，你千万别让吓着了。我从大哥，不，是从马金山
的话中听出了破绽。我估摸着，我爸可能没死，十有八九是装死。

接她电话的马红艳正在看电视，手里拿着遥控器从一台往后反复
调台，听了小荷的话，她果然吓得从沙发上跳起来，手中的遥控器
叭嗒掉在地上。她说，这怎么可能。要真是这样，他马平安不是在玩
游戏吗？

小荷说，这不是游戏，是，是阴谋。姐你等我一会，我一会就到。

马红艳挂断电话后，仿佛被人从后脑袋瓜子狠狠打了一棒，身子
晃了几晃，沉重地倒在沙发上，歇斯底里地喊了一声，老周，周大保！

周大保县长晚上陪市"改制办"来检查工作的同志喝了几杯，刚
回到家，正在卫生间里冲澡，听马红艳叫他，就把卫生间的门拉开一
条缝，不耐烦地问，啥事？马红艳说，你快点出来，我有重大新闻告
诉你。

周大保毕竟是一县之长，在政治舞台上蹦达了多年，养成了处变
不惊的政治素养。他听马红艳说完，心里感到惊奇，表面上却不慌不
忙，一边剪着指甲，一边平静地说，别听小荷那妮子瞎咧咧。这怎么
可能呢？马平安多年的村支书，连这点起码的政治觉悟都没有，装死
抵制改制，那问题大了！

马红艳不满意周大保的话，呸了一声，说，你别在我面前讲那些

大道理。我就问你，马平安那边你到底和他谈得怎么样，他是个什么态度？

周大保没回答。

马红艳抓起沙发上的皮垫，朝周大保扔过去，严厉地说，周大保你听着，这些年你没少帮马沟帮马平安。马沟村煤矿改制，不让咱占一半也得三分之一。

周大保火了，有本事你找马平安试试？

马红艳还要再吵，小荷风风火火地赶到了。她刚要朝沙发上坐，周大保冲马红艳挥挥手，说，你们到屋里谈去，我不想听你们那些事。他明知小荷来找马红艳谈什么事，故意装作没兴趣，这就是官场上的学问。

马红艳拉着小荷进屋后，他立即放下剪刀，给马金山拨了个电话。电话是通了，但没人接听。他再打时，里边传出的是清脆的女声：对不起，你拨打的电话已关机。他气得扔了电话，起身在客厅里走了几圈。他也想过给马银山打电话，拿起手机拨了两个号又放下了。

马平安从来不给马银山说村里的事，尤其是经济方面的事，怕马银山学坏了，岂不知这样反倒害了你儿子，就凭你小儿子那点工资收入，如果一点灰色收入也没有，维持生活还可以，想买车买房、交朋友拉关系，做梦吧你！你马平安活着，能给他经济上的支持，万一……想到这里，周大保县长的思路突然拐了个弯。他想，马平安会不会在改制方案里把马银山也列入了股东？想着想着，他给马银山打通了电话。没想到这个电话给他带来了意外的收获。

马银山在电话中抱怨马金山，他当老大的，连让我和爸遗体告别也不等，就在我爸火化单上签了字。周大保说，这个马金山太自私了，现在这气候，遗体放三五天有什么了不起嘛！接着又安慰了马银山几句就挂断了电话。他把小荷说给马红艳，马红艳又说给他听的话，与马银山刚才电话中诉苦说的话连在一起进行了分析，越是往下分析，头胀得越厉害，而且由隐隐作痛发展成撕裂的痛。

五

市委、市政府召开的改制动员大会，是周大保代表县委、县政府参加的。会上，他还代表县政府同市政府负责人签订了改制目标任务责任状。市政府负责人在签完字后严肃地说，大保，你那个县前些年乡村集体企业上马快，不说是村村点火、户户冒烟，也是遍地开花。前两年你们有些企业已经改制，但仍然面广量大。这一次，你们县改制的任务最重。你们县的改制工作完成了，我们市的改制工作就完成了一半。你可得舍得花点精力啊！

周大保当即表示，如果不能在市委、市政府要求的时间内完成改制，如果改制过程中出现群体性事件，如果改制进展不顺利，我自己摘了乌纱帽送到你手上。可进展并不是周大保想像的那么顺利。

首先是开乡镇党委书记、乡镇长会传达市委、市政府会议精神。县委宣传部根据分工，专门从北京请来一位对股份制颇有研究的专家，在会前讲授改制工作的重大意义、法律依据，甚至连操作规程都讲了。那天的会议十分隆重，周大保县长主持，县委书记作报告。专家讲座的过程中，台下鸦雀无声，几百人的会场静得连有人坐的时间长了、挪挪屁股碰了下扶手的声音都听得清清楚楚。

周大保心里高兴，看来改制的工作还是很受欢迎嘛！没想到专家讲完了，几次站起来向台下鞠躬，除了他和县委书记鼓掌，竟然没有一个人回应。这让专家十分尴尬，县委书记和周大保也很难堪。

接下来是与专家互动阶段，台下唰唰唰地递上来十几张纸条，周大保翻着看了一遍，眉头越皱越紧，几乎拧成了咸菜疙瘩，额头上沁出一层汗。

那一个个问题提得太尖锐，太露骨，让他无法念出口。可念不出口也得念，这个过场总得走吧。形式主义之所以存在或者泛滥，就是因为有一个形式。他挑了一张在他看来是四平八稳的问题念了：请问专家先生，是不是集体企业必须改制才能生存下去？企业能不能搞好是不是所有制决定？

北京来的那位专家到底是经过风雨见过世面，当即笑着问答说，我先回答第二个问题，企业能不能搞好与所有制没有根本的关系。我们的国有企业有很多搞得很好，现在还占全国经济总量的半壁江山。

哗哗哗，台下掌声热烈地响了大约三分多钟，专家又几次站起来鞠躬致意。接着，专家又说，我现在回答第一个问题，集体企业的确存在很多弊端，在坐的各位恐怕比我有发言权。从我调查研究的情况看，主要有以下几点：一是管理体制上的问题；二是经营上的问题；三是……他刚讲到这里，台下又响起了掌声。不过这次掌声与上一次掌声截然不同，呱呱，呱呱，节奏感特强，明显是鼓倒掌。在周大保听起来，就是在说滚吧，滚吧！专家是个很有个性的人，站起来夹着包就朝外走。

当天下午会议前，周大保和县委书记就分别接到了市委书记的电话，严厉批评他们贯彻落实市委、市政府改制会议精神不力，没有把会议组织好。专家临走时告了他们一状，说他们这个县"好像远离中国改革开放时代的另一个星球部落"，或者说叫"另类"。市委书记明确指出，谁抓改制不力，我就撤了谁，让能推动改制工作的同志来做这项工作！县委书记和周大保也发了火，两人在会上都拍了桌子，周大保爆了一句脏话：谁他妈的当拦路虎，老子就当打虎英雄！

县委书记和周大保讲完话，各乡镇领导很快就同县政府签订了改制目标任务责任书。市委书记接到报告，满意地说，这才对嘛！抓工作就应当这个样子。

为了督促检查各乡镇推进乡村集体企业改制的进度，县政府向各乡镇派出了督察组。县委、县政府"四大班子"主要领导亲自挂帅，每人包了一个乡镇。周大保包的就是马沟乡。他从参加工作在县乡镇企业局当办事员起，到科长、副局长、局长，再到副县长、常务副县长、县长，历次活动，不管是政治的、经济的活动，他的点都是选马沟乡，再具体一点是马沟村。他想，这一回他亲自出马，马沟肯定又会拿个全县第一。

偏偏，他这次想错了。

马沟村有二星级宾馆，有大大小小十几家饭店，还有专供村民农忙时、和村办企业上班的职工就餐的大食堂。但是，周大保每次来，马平安都是在办公桌上铺张报纸，让大食堂送几样大锅菜招待他，而且每次都不摆酒，喝白开水，除非他陪同上级领导来之外，两人就这样简简单单。他每次吃完，都会拍着马平安的肩膀说，老哥，只有到了你这里，我才能吃一顿舒适的饭。

并非游戏

　　可是这一回不同，马平安在村宾馆二楼装修豪华、专门用来宴请商业上往来客户的房间摆了一桌丰盛的宴席，还上了茅台酒。

　　周大保问，老马你这是啥意思，怎么破了咱俩多年的规矩？

　　马平安说，规矩该破就得破，不破不立。说着，给周大保和自己各倒了满满一杯酒，和周大保碰了碰杯子，说，我敬你！然后一仰脖儿，吱溜喝了个底朝天。

　　周大保看出马平安有心事，有话给他说，陪着他一连喝干八杯酒，三钱的杯子，三八二两四下肚了。周大保觉得心有点烧得慌，就开门见山直奔主题，问马平安，乡政府开会了吧？

　　马平安说，开了！

　　周大保又问，会议精神知道了吧？

　　马平安说，嗯。

　　周大保再问，责任书签了吗？

　　马平安说，没签。

　　周大保愣了一下，问，为啥？

　　马平安两眼通红，眉头紧锁，说话有点儿结结巴巴，我，我得问问，问问马沟村百姓同不同意，授不授我签字的权利。

　　周大保马上明白了，问题出在马平安这里。他耐着性子，不慌不忙地把改制的意义、重点、原则等向马平安说了一遍，最后强调，改制是发展生产力的需要，改制是一次深刻的革命，改制是大势所趋。最后，问，老马，这些乡政府没传达？

　　马平安摆了摆手，说，传达了，我听不懂，听不懂。

　　周大保说这有什么听不懂的，明明白白，清清楚楚，是个……他想说是个傻子也听明白了，话到嘴边又改了口，说，是个很容易弄懂的事情嘛！再说通俗易懂点，就是你马沟村的村集体企业都要改制。

马平安问，往哪改？

周大保说，不能再吃大锅饭，要改制给能人。

马平安问，是不是个人、私人？凭啥？

周大保一下子语塞了。是啊，他也只是照抄照搬市委、市政府的文件，没有问个凭啥，所以现在也回答不了马平安的问题。马平安借着这个话题和几分酒气，像迫击炮一样哐哐哐哐地一连扔出了十几个问号：俺马沟村集体企业办不下去了？不是吧？俺马沟村走共同富裕的道路错了吗？不是吧？村集体经济收入没有了，幼儿园、敬老院、文化中心、卫生室都散伙？也不是吧……

周大保说，老马你这是先入为主，也可以说主观武断。我刚才已经把改制的重要意义给你说了。你马沟的村集体企业现在是搞得不错，但是你能保证往后一直保持赢利？不光是乡村集体企业，国有企业也得改。咱们市有个锅炉厂你一定知道吧，管理经营混乱，连续几年亏损，后来改制由一家民营企业控股，去年实现赢利五百多万，职工工资也翻了番。

马平安说，你说那事我知道。锅炉厂与我们村煤矿有来往，厂里管生产和经营的干部我也认识几个。过去那可是咱市先进企业。为啥亏损，厂子里的议论我也听到些。改制前那届班子的头，也就是厂长在别处自己办了个锅炉厂，把厂里的订单大部分拿到他自己的厂子去干，就连他自己的厂子职工发的毛巾、肥皂，他家里人买卫生纸都拿大厂子报销。

周大保说，不会吧，怎么没有举报？

马平安说，举报，谁敢？有一个老的车间主任写过举报信，那信转来转去又到了厂长手里。那个老主任从此没有个好日子，家里下水道坏了，后勤部门不给修；生了病买药，厂卫生室不给报；原来接他的班在厂质检科工作的大闺女，以工作需要为名下放烧锅炉……

周大保说，也许真的是工作需要嘛！烧锅炉的工作也得有人干吧。

马平安说，那厂是咱市第一家改制的国有企业，改给谁了？控股的民营企业就是厂长在外办的，法人是他小孩二舅，股东里有一个是管改制的领导的孩子。原来八百多人的厂子，一下减了五百。

周大保说，咱不说他了。你还是说说你对马沟村办集体企业改制的想法吧。

马平安没听周大保的，接着刚才的话题往下说，那个锅炉厂改制后，下岗工人的日子不好过，男的有十几个在我这煤矿下井挖煤，上了年龄的女工有的给人家当保姆，有的在街上卖油条，年轻点的女工有的去广东打工，还有几个去乱七八糟的歌厅坐台。我这村集体企业的工人可大都是村民，要是让他们下了岗……

周大保显然不耐烦了，推开酒杯站了起来，老马，你越说越离谱了。哪一项新鲜事物在一开始和发展过程中没有缺点和问题？关键是看大方向、大局、大环境。他说话喜欢用排比词，不管内容能不能连得上只管往上排。

马平安愣了，眯着眼睛看了他一阵子，好像第一次认识他。周大保有点不好意思了，问，老马，你怎么了？

马平安说，我是在向你反映问题，县长大人。你还记得当年机关有个同志借马沟一辆小轿车多用了个把月，你听了就上火，要回去处分人家。我今天给你说这么大的事，你却无动于衷……说着，连连叹气。

周大保说，那事不也是你老兄死活不让我处理？还送……他想说还送套红木家具堵我的嘴，话到嘴边又改了口，说，我回县里一趟，明天回来咱开个村支部会统一统一思想。

周大保回到县里，和县委书记碰了个头，交流了一下情况。县委书记说他包的那个乡进展很快，接着把他做工作的办法给周大保作了介绍，周大保再到马沟时，在村支部会严肃地说，对改制工作有抵触、不支持，进展缓慢的村，问题出在村主要负责同志身上。这些个同志习惯于当皇帝、一言九鼎；习惯于把集体企业控制在自己手里，当成自己的钱袋子；习惯于传统思维方式，等、靠、要，不敢下海和别人竞争……他说着，眼睛看着马平安。

他发现马平安的脸由黄变白，又由白变红，像风吹动着的云彩飘忽不定。于是，他按照县委书记交的办法，又来个扬鞭催马，更加严厉地说，说到底，这些同志是对待改革的态度问题，是对待新旧体制的态度问题，是对待广大群众的利益问题。对于这些有思想问题的同志，县委和县政府的态度就一点：不论他资格多老，资历多深，只要他不支持改制，就坚决撤换！

马金山也是村支部委员，参加了那个会议。他蹭地一下站起来，右手高高举过头顶，热情地说，马沟村党支部坚决拥护和支持县委改制的指示！我们村马平安书记说了，谁不支持就撸他个孙子。在当地话中"撸"有多种意思，撤职叫撸，打人叫撸，批评人骂人也叫撸。

其他几个支委看着马平安，都没有说话。

马平安说，我头疼，得请个假去躺一会。说着，不管周大保同不同意，起身走了。他这一走，马金山更活跃了，周大保说一他也说一，周大保说三他也说三，让周大保心里非常高兴。会上，通过并成立了马沟村改制工作领导小组，由马平安任组长，马金山任副组长兼办公室主任，具体负责改制工作。

散会后，周大保把马金山留下，又单独交待了一番，最后强调，给你爸好好做做思想工作。多年的老先进了，这次千万别成了绊脚石。

马金山说，怎么会呢？过去马沟再有钱，支书是个穷光蛋，一改制，就成了千万富翁。这个账他还能不会算！可能觉得说漏嘴了，忙又改口说，党员干部带头致富嘛。看看人家马奔，全县第一个坐大奔的，真正的马奔！

周大保放心不下，第二天又去了一趟马沟。马平安躺在床上和他见面。马平安说，我糊涂啊！

周大保握着他的手说，实话说我也糊涂。可咱都是党员干部，党的纪律怎么说来着？下级服从上级，看不明白你就照葫芦画瓢，保证不会错。

至于什么人给马平安一夜之间洗了脑，周大保不知道，他也不想知道。他的关注点已经转移到了改制方案上。而改制方案几个关键条款，他都亲自指导，亲自审查，亲自把关。他心里暗暗为自己娶了个马沟村的媳妇感到高兴。因为马红艳已经向马平安父子暗示过入股的事，马平安父子也答应了。

那天晚上他回到家，马红艳没等他脱外套、放书包，急急忙忙拉

着他坐在沙发上。马红艳说，我私下问了一下专家，马沟村煤矿价值
估计在五千万以上。关键不在这个价值，在人股后升值的价值。现在
煤炭卖到一百五一吨，三年五年后呢，说不定三百、四百一吨，咱要
是有股在那里，一年还不赚个千儿八百万！

周大保说，你光想着挣钱，怎么不想着赔钱。万一煤炭行情走下
坡路呢？万一煤炭挖完了呢？万一……

马红艳瞪了他一眼，别整排比了。你知道人家背后叫你什么吗？
周排长！排比用得长。专家说了，咱中国这样的国家，煤炭几十年内
都不可能走下坡路。至于煤挖完，那得等到咱下辈子。你把挣的钱存
银行里，还怕下辈子没的花？

周大保说，那也不成。你让我堂堂一个县长，怎么伸手和老百姓
争利益？我开不了这个口。

马红艳干脆踢了他一脚，说，没让你开口，我已经开过口了，让
小荷捎话试探了马平安爷俩的口风。他爷俩没意见。马平安说得更痛
快，你让周县长买断算了。

周大保像被电棍捅了一下，忽地站起来，你听听你听听，马平安
这是在骂人！

马红艳生气了，一边朝卧室走，一边嘟哝着说，反正我已经说过
了。这事和你没关系。到了卧室门口，又回过头说，马平安那老小子
滑头着呢。他嘴上说的和心里想的不一个样。他大儿子已经把村运输
公司先改制了！

周大保后来一了解，事实的确是那样。马金山先行一步，把他兼
经理的马沟村运输公司改了制，他成了第一大股东。在公示的资产清

106

单上，运输公司的资产全部折算下来，还欠外债一百多万。他对人说，我这是自己给自己背了一身债。这辈子还不清就等下辈子吧。

马沟村煤矿的资产评估是本县一家专业公司做的。初评结果是价值五千万，马平安不同意，马金山也不同意。马平安说这五千万够干啥？这些年光银行贷款都超过这个数，再加上每年村里投入，两个五千万也不止。马金山的说法截然不同。他说，五千万太多了吧？你过去银行贷款、村里的投入拿回了多少？我看能值两千万就不错了。就是这两千万也得有人掏得起。

马金山的言下之意，马沟村的人掏不起买矿的钱，按照市、县关于改制的相关规定。可以对外招商引资。他的这话显然是说给周大保听的。周大保在一次关于改制工作的经验交流会议上夸赞说，马沟村的改制办主任马金山，就善于活学活用，把政策用得恰到好处，用活了，用灵了。

周大保万万想不到，改制方案还没提交村民大会，马平安就突然病逝，而种种迹象又显示他没有真死。他是去市里省里甚至北京上访了，还是以这种方式抵制第二个改制方案？周大保越想越不安，招呼马红艳和小荷出来，对她俩说，你们就别关在屋里想得头痛了，该干啥干啥去。

马红艳说，小荷出了个点子，不知合适不合适？

周大保看了她一眼。马红艳明白他的意思，是让她在小荷面前不要冲锋在前。于是，她轻轻推了一下小荷的胳膊。小荷心领神会，说，我知道马金山在县城公寓的地方。他找女人都是朝那地方带。

周大保一惊，你想干吗？捉奸？人家那是两厢情愿，不是卖淫嫖娼！

小荷咯咯咯地笑了，说，你没听有个手机段子上说，卖淫嫖娼也有新规定，完事后当场给钱的叫嫖娼；一周后给钱叫性伙伴；按月给的叫情人；按季给的叫包养；按年给的叫二奶。马金山那人的德性我知道，他找女人都是完事后当场给。用他的话说省得麻烦。

马红艳和周大保会心地对视一眼，都在心里想：你咋知道这么清楚！

<h2 style="text-align:center">六</h2>

马金山在他所住的公寓嫖娼被派出所抓了个现行，消息像长了翅膀一下子飞遍马沟村各个角落，应验了那句"好事不出门，坏事传千里"的老话。

秀红气愤地说，大哥也太不像话，不在家给爸守灵，干这种肮脏事！

马银山悲愤交加，扶着马平安的棺材哭得直不起腰。小荷在一旁煽风点火，说，得想办法把大哥捞出来，先把爸送下地。大哥那边罚多少钱我给。她见马银山两口子不说话，稍停片刻又说，花点钱把大哥捞出来没问题。关键是大哥的党员、村委会委员、村委会主任、改制领导小组副组长、改制办主任这些职务都保不住了。这改制的事交给了别人，大权旁落。

秀红说，谁要给谁。要不是改制的事闹腾，爸也不会突发心脏病呢。

小荷明显感觉到秀红对自己的不满。这之前，她也曾找过秀红，劝她向老爷子要点股份。秀红坚决地拒绝了，还反过来劝她不要跟着凑热闹。所以，她不想和秀红粘乎，就对马银山说，二哥你这时候得有主见。马银山不知是没听见还是不愿搭理她，给了她一个冷冰冰的后背。她顾不上计较，因为她知道自己肩负着重要使命。她接着说，二哥，你知道爸为啥又支持改制了吗？是因为大哥。爸再拖延，马金山就得进去。

马银山这才回过头来看了小荷一眼。小荷把他从棺材头前拽到后尾，避开秀红，悄悄地告诉了他一件事情。

就在马平安为改制的事犹豫不决时，马红艳有一天突然去马沟找马平安，在马平安的办公室里和他聊了一个多小时。马红艳走后，马平安就把马金山叫到办公室，外人只听见老头子拍桌子摔板凳骂娘，马金山吵了几句气哼哼地走了，却不知道究竟发生了什么事。恰在此时小荷到了。小荷说，我一进爸的办公室，看他斜躺在沙发上，呼哧呼哧地喘着粗气。我喊了几声爸，爸。他理也没理。我也没敢再喊，就在他旁边的椅子上呆呆地坐着。过了得半小时，爸才起身，张口就问我，马金山的事你听说了吗？

小荷说到这里，故意卖了个破绽，等着马银山往下问。果然，马银山着急上火地催她往下说。她说，其实，我也是在县城听说大哥的事，赶着回家告诉爸的。有人举报大哥担任村委会委员、运输公司老总那些年利用职权贪污受贿，数字还挺吓人。据说要是查实了，少说也得蹲个十年八年大牢。

马银山说，我早就看大哥没好结果。你看看他，县城买公寓，市里买别墅，家里盖三层楼，尤其是换车那个勤，在全县也数得着。他是最早把吉普车换成新产的桑塔纳，又是最早把桑塔纳换成皇冠，后来又是最早把皇冠换成奔驰。他抽烟清一色几十块一盒的名烟，茅台根本不喝……你一个村委会委员，哪来那么多钱？过去，我总以为是他自己背着爸做点小生意，现在看来我想错了。

小荷说，是呀，大哥是太招摇了，老是跟马奔比。你能跟人家比吗，人家是个体户老板，现在叫民营企业家，再怎么大手大脚是自己挣的。她好像很是惋惜地叹了口气，接着说，马红艳知道这事后来告诉爸。她对爸说了，你是老先进，上级怎么也会给您老人家点面子，我们家大保也好说话。不过，您要不是先进，成了落后了，这事就难说了……

这，这不是威胁爸吗？马银山气愤地说，赤裸裸的交易！

小荷说，那你有啥办法？现在为啥很多人明明对上级有意见，还得老老实实跟着干，就因为人家有法儿弄你。你没辫子你儿子有吧，你儿子没有儿媳妇有吧，儿媳妇没有其他亲戚七大姑八大姨有吧……就是人家想整爸也能找出一二三四五的理由。爸开始生气，骂大哥不争气，说他自己犯的事自己去扛。我就劝爸，那毕竟是你亲儿子。你对你儿子狠得下心，能对你孙女也狠下心吗？大哥在加拿大的孩子知道她爷爷不要他爸了，还不恨死你！

马银山问，大嫂和孩子知道了？

小荷说，马红艳和大嫂像亲姐妹，她还不给大嫂说。大嫂打电话给爸，连哭带吵。我也给爸说，就算你连孙女也不要，上上下下、左左右右的老朋友、老熟人、老关系知道你做事太绝，还敢跟你来往？

马银山问，是你把爸说动了心？

小荷说，实话实说不是我，是现实。现实就摆那儿。

马银山又问，那这一次大哥出事是不是又有人暗算？他经常带女人去公寓，早不出事晚不出事怎么就赶这节骨眼上出事？

小荷撇撇嘴，又慌慌张张地说，光是嫖娼也就拘留几天，罚罚款，我怕的是把举报他的事放在一起处理，那麻烦就大了。

那你说现在怎么办？马银山没有处理这类事情的经验，有点儿茫然不知所措。

小荷这才把和马红艳商量的结果给马银山说了：一是重新做一份改制方案，给马红艳干股，在过去爸答应的基础上再增加一倍。小荷特意说明：这样马红艳才能逼着她老公周县长把大哥的事抹平。钱多少是多？大哥挣得差不多了，该让人家挣点了。

第二呢？马银山问。

小荷听马银山的口气有些不耐烦，又像带着气，琢磨了一会，才说，第二就赶快把改制方案落实呗。这么给你说吧哥，咱爸……

马银山打断她的话，说，不，是我爸。

小荷说，对，是我爸。

马银山加重了语气，说，是我爸！

小荷这才明白马银山是在制止她叫马平安"爸"。她心里十分不高兴，表面上没显示出来，接着说，要是村里集体企业早几年改制，大哥用的那些钱干的那些事还有人追究吗？我用自己的钱，你查我啥？所以说，改制的事不能拖！

马银山思考了片刻，问，要是村民大会通不过呢？

小荷反问道，可能吗？除了极少数人，大家多少有点股份。股份就是钱，这年头谁和钱有仇？尤其是那些村民小组干部、车间主任一要毁一个人最好让他丢面子，面子是什么，是尊严。而尊严属于精神层面，毁了他的尊严就等于摧垮了他的精神。

级的，比一般群众股份多，肯定更积极。实在不行还有个办法，学马奔前年争村委会主任的手段，挨家挨户送红包。

马银山反感地说，马奔那样做不是没成吗，还差点儿出事。

小荷说，这你就不知道了吧，别人送的比马奔的礼重！

马银山惊讶地瞪大了眼睛。他说，你说得严重了。我爸不会对这事睁一只眼闭一只眼，让这样的事在他眼皮子底下发生的。

小荷不以为然地说，你以为咱爸真是老顽固，脑袋瓜子不开窍？错了，咱爸走南闯北啥事不明白，心里亮堂得很，比咱还亮堂。

马银山对小荷唠唠叨叨说马平安的不是很不满意，又强调说，是我爸。

小荷突然哽咽了，说，二哥，我今天给你说实话吧，我是马平安，也就是你爸我爸的亲生女儿！

马银山啊了一声，身子晃了几晃，扑通坐在地上。

小荷看时机差不多了，得给马银山一点思考的时间，就对他说，我现在就回县城找红艳姐，先把大哥捞出来再说。要是真关他一夜，他不疯还怪呢！

小荷到底了解马家人的脾性。马金山在派出所里真的在发疯。

要毁一个人最好让他丢面子，面子是什么，是尊严。而尊严属于精神层面，毁了他的尊严就等于摧垮了他的精神。民间反腐专家统计，近些年来因腐败落马的官员，不管是官至部长、省长，还是基层的科长，股长，只要一"双规"，马上就吐个一塌糊涂。究其原因，是这些人平日里呼风唤雨，很有尊严，突然沦为阶下囚，昔日的尊严荡然无存了。

马金山就是如此。

过去，派出所从所长到一般民警，哪个见了他不是笑嘻嘻的，马总、马哥地叫着，自从进了派出所，这个横眉竖眼，那个讽刺挖苦，让他懂得了天壤之别的真正含义。两小时过后，他就忍不住大喊大叫，叫你们所长来，我给他有话说！

办案民警刺了他两句，唏，你以为在马沟村呢？看看，这是什么地方！说着指了指墙上威严的警徽。

马金山说，你们所长躲哪去了，叫他出来。奶奶个熊，他哪次去马沟我不是亲自接待，只要他开口，我又哪一次没满足他的要求。这个时候给我玩阴的了。

办案民警说，我警告你啊，再说脏话骂人给你加一条妨碍执法罪！

马金山没脾气了。一会又哀求办案民警，说，你们罚多少钱，我认。求求你们先放我回家，家中还有一大堆工作等着我处理。

哎，你怎么不说回家给你爸办丧事？办案民警问。

马金山吃了一惊。虽说他没有秘不发丧，但也没有大张旗鼓，怎么连派出所一个普通民警都知道了？难道……

人越是在情绪烦躁的时候，考虑问题越容易极端。马金山自然先想到改制的事，不知为什么，他心里发慌，头上冒汗，两条腿哆嗦不停。马平安前天晚上在村委会上说的最狠的几句话一遍遍在耳边响起。

参加会议的村委每人面前放着一本马沟村集体企业改制方案。这个方案是由马金山担任主任的村改制办花了两个星期的工夫搞出来的，蹲点的周大保县长也看过了，称赞说是个好方案。

按照这个方案，马沟村村办集体企业，主要是马沟村煤矿改制后本村人控股百分之五十一，外来投资者控股百分之四十九，猛一看还是马沟人控股，实际上控股的不是马沟村委会，也不是马沟村全体村民，村、组、企业负责人占了百分之九十，其中马平安一人为百分之五十一，换算下来，马平安个人控股占全部股份的百分之二十五以上，是第一大股东，或者说是第一大老板。如果加上马金山百分之十五的股份，他们父子实际上占了全部股份的百分之四十以上。

马平安当时就哭丧着脸，说：我马平安一夜之间成了千万富翁，我这心脏、我这大脑、我这棺材板子一样的身子骨承受不起，承受不起啊！让我怎么有脸把这个方案拿到村民代表会上讨论？人可以不要钱，但不能不要脸！我就想不明白，有的人为了要钱竟撕破脸，脸都不要了……

马金山记得他当时急得团团转，劝马平安不要再往下说。马平安指着几个村委说，咱们是老哥们，我才掏心窝子给你们说。

有个村委说，老马，你就别谦虚了。咱马沟村的集体企业不管是煤矿还是其他的，哪个不是你操心费力办起来的，别说给你这些股份，就全给你我反正没意见。再说了，你也不是白拿白占，那股份是花钱买来的！

另一个村委说，是呀，我对这个改制方案也没啥子意见。要我说，你马书记当老板，还能想着老百姓，要是卖给只顾自己的那些人，他们只管自己吃肉，老百姓别说喝汤，连腥味恐怕也闻不着。

前些天，周大保让他带着村"两委"的到附近一个改制工作先进村学习取经。刚进村就碰上一对婆媳吵架。原因是改制后村集体经济收入断了，幼儿园办不下去了，婆婆让在广东打工的儿子儿媳把孩子带走，儿媳妇说在城里打工收入本来就不高，外来人口孩子在城里上幼儿园交不起费，就这样吵了起来。马平安当时二话没说，扭头上了车，说，不学了，这经咱取不来，回去！现在，这个支委又提起这事，对他既是很大的刺激，同时又是提醒。他想，也许历史又把我马平安推到了这个位子上。从那时起，他没再说推辞话。

回到家里，马平安对马金山说，方案还得改。我琢磨了，村里搞个经营公司，家家都有股份。挂在我名下的股份，分红时拿出来让大伙儿花，最起码幼儿园、敬老院、卫生室这些不能撤。撤了才是最大的倒退！

马金山为难地说，这恐怕不行。马红艳一人就要百分之二十。

马平安生气了，说，你要不改，我不签字，让周大保签去吧。

马金山想，是不是周大保知道了改方案，下决心要整我父亲？他不敢往下想，又求那个办案民警，说，哥们，我和那姑娘不是第一次，应当算不上嫖娼。

办案民警火了，照你这样说我们抓错人啦？我问你马金山，你俩是不是谈好了价格？

马金山狡辩说，你买萝卜白菜不给钱啊？我给她的是，是……这么说吧，我是打算长期和她处朋友。

办案民警还要发火，电话响了。他一边接电话，一边瞅着马金山。

马金山心想，坏了，有人要挖坑埋我了！

七

床头柜上的座机电话响了。

马银山拿起电话，刚听了一句就吓得面色苍白，把话筒扔在地上。秀红觉得奇怪，捡起电话，对着话筒严厉地问道：找谁？对方咳嗽一声，没有回答。秀红恼怒地骂了一声无聊，我挂了啊！对方这才开口，说，我是马平安！秀红惊恐万状，扔下电话就去抱马银山，而且用力很大，马银山的胳膊关节都发出咯吱咯吱的响声。秀红的声音像在风中飘着，他，他说他是，是马平安。

马银山已经镇静下来。他轻轻地抚摸着秀红因恐惧扭曲的脸，安慰她说，好了，我们明天就可以回去了。接着，他走到院子里，大声喝令唢呐停下，然后一把扯掉灵堂门前的帘子，对马金山公司来帮忙的人说，拆了，统统拆了！

马平安没死，马平安还活着，瞬息之间就传遍了马沟。而且通过现代化的传播工具，在很短的时间内传到了县城。

这简直是在玩游戏！县委书记怒不可遏地拍着桌子，马平安他到底想干什么？一小时前我还接到省报一个记者的电话，要来马沟采访，说一个村党支部书记被逼死了。你看看，这事情闹成什么样子了！周大保说，你先消消气，我马上去马沟一趟了解了解情况。

周大保和马金山几乎是同时到达的马沟，一前一后进的马平安家。

那些被马金山请来的殡葬公司的员工、他自己下属公司的员工正在忙着拆卸灵堂，清理现场，搬运东西。唢呐班子的十几个人则堵着门口，叫喊着要加倍赔偿。这也难怪人家，原定三天的活不到一天就结束了，毁约方当然要赔偿。

马银山看见马金山，吼了一声就要冲过去撕巴他，你是个什么狗东西，能拿老子的生命开玩笑，做游戏！在马金山的记忆中，弟弟长到这么大还是第一次对他爆粗口、要动手。他耷拉着头没敢吱声。周大保也在一旁跺着脚，瞪着眼，讽刺加挖苦地大声训斥马金山：你看看你们马家父子多有能耐，给活人出殡，可以上吉尼斯世界纪录了，申请国际游戏大赛冠军也没问题！

马金山蹲在地上，全没了往日神气活现的样子。他下属公司的一位高管给他点了一支烟，他猛地抽了几口，仿佛要给自己提提精神，没想到反而剧烈地咳嗽起来，边咳还边呕吐。马军懂事地拿了张纸巾，帮他擦了擦嘴唇边的痰液。他一把将马军紧紧抱在怀里，失声痛哭。马军也哭着说，爷爷没死，爷爷一会就回家。末了又加一句，我想我爷爷。

我的宝贝孙子，爷爷回来了！随着一声沧桑的声音落地，马平安出现在刚刚撤掉的灵堂大厅里。一屋子人只有马军亲热地扑到他怀里，马金山低着头抽烟，其他人一个个瞪大眼睛看着他，好像他是外星来的不速之客。

老马你这是弄啥呢？周大保先开口了，你知道你这样做的后果有多严重吗？

定我个反革命?！马平安火气很大，说出话硬邦邦的，你周县长看看哪顶帽子适合给我戴，随便。

周大保笑了，老马呀老马，咱俩是二十年的老伙计了。我是什么样的人你还不了解？在咱县也就我，能和你这样掏心窝子说话。今天当着金山、银山的面，别怪我不给你面子。你玩这样个游戏，不要说对上级如何交待，就是马沟村几千百姓你又怎样面对？

马平安说，我考虑好了，辞职！

周大保沉吟片刻，严肃地说，现在是改制的关键时期，你一甩手

啥也不管，对得起谁啊？他的这个"谁"包括了方方面面，马平安心
里清清楚楚。

一直没说话的马金山大概看火候到了，也对马平安说，爸，周县
长说得对，你一撤，马沟还不稀里哗啦全塌了，保证比出一次煤矿安
全事故还毁得重！

马平安冲马金山吼了一声：没人把你当哑巴！不是你和几个像蛆
的人在里边瞎掺和，乱搅和，老子到今天能人不像人鬼不像鬼？

马金山不服气地顶撞：小荷是你的亲生闺女，也是我搅和的呀？

你说啥？马平安瞪着眼珠子，你小子再说一遍？

马金山说，小荷去派出所接我。她亲口告诉我，你和她妈……

马平安哈哈哈哈大笑几声，说，说这样的话亏心不？我马平安在
马沟不说是英雄好汉，也起码不是流氓、孬种。眼前呢？说着，他泪
如泉涌，声音苍凉。马军被他吓得心慌，也跟着哭了。

周大保也听得出，马平安表面是骂马金山，实际是冲着他。也许
他意识到再给马平安定框框、施加压力，会逼得马平安真的做出惊人
的动作。来马沟前，县委书记已经告诉他，省委、省政府领导对下边
一些地方改制不尊重基层干部和群众意见，搞"一刀切"、强迫命令的
做法已经提出了严厉批评。省领导在一次会议上严厉地说，对那些利
用改制中饱私囊，变相侵吞国家和集体财产的人，一经发现，坚决处
理。马平安的事如果捅到上边，他们得吃不了兜着走。

于是，周大保换了副平缓的口气说，老马，马沟村企业改制的大
权一直在你手里。金山虽说是改制办主任，也只是负责做方案，最后
还得你批准。说着，他给马金山递了个眼色，马金山心领神会，立刻

接上说，这么多年，我就是爸的一只小卒子……

马金山的牢骚还没发完，就被门外的吵嚷声打断了。

听到马平安死而复生的消息，马沟村能走动的几乎全挤到他家门口，想来看看这个传奇人物。一时间，他家仿佛变成了戏台，人声鼎沸，一片混乱。渐渐地，人们的议论从马平安的死而复生转到了村里的改制上。这些日子改制的事闹得沸沸扬扬，加上周边村改制的事情不断传来，村里人对改制方案迟迟不出台存在着各种说法。

从二十世纪七十年代后期到如今快二十年了，马沟村村民没少了沾村办企业的光，家家有人在村办企业上班，按月领工资，不缺零花钱不说，敬老院、幼儿园、村小学、卫生所、文化中心……这是全体村民的福利、福气、福祉。周边改制工作进度快的村，有的一夜之间这些全都烟消云散。这在村民们看来是不能接受的。

正如马平安说过的那样，村里开煤矿、办其他企业，哪家哪户没出力？现在一纸文件让改制，集体财产成了一人或者几人的财产，做梦吧你们！老百姓也不是好欺负的。平时你村干部吃点喝点拿点就算了，但真正要把几千万甚至上亿的资产变你们家的，绝对不能答应。

有的喊：把煤矿炸平，也不能让他们一伙人占了。

有的叫：你马平安别说装死，就是真死，吞了的大伙的财产也得吐出来。

有的骂：过去看你马平安还像个为老百姓办事的好村官，没想到你生着法子坑老百姓。

后来就变成了集体呼喊：马平安，出来！马平安，出来！

不知是谁说了一句：县里有个贪官在他家里，让他和马平安一起出来给咱说清楚。于是，呼喊又变成了：马平安，出来！大贪官，出来！

屋子里的人听着门外的吵骂声，脸上的表情千差万别。周大保皱着眉头，焦虑不安；马金山惊恐万状，两眼无光；马银山夫妇神色凝重，一脸怨气。只有马平安镇定自若，非常轻松。马军见爷爷没事儿了，乐得屁颠屁颠地满屋子跑。

周大保恼羞成怒，把怨气全撒在马平安身上，你马平安到底打的什么主意？一会儿装死人，一会儿又挑唆群众围攻县领导，我看你是故意对抗改制，反对改制，反对改革开放！

马平安也不是穰茬儿，反驳说，马沟村就是沾了改革开放的光富裕起来的。没有改革开放就没马沟的今天。但是，你们搞的那种改制，我打心眼里就是不支持。

周大保在屋子里转了几个圈，气急败坏地说，那你说现在怎么办？

马平安说，我和村"两委"的多数同志商量了一个方案。现在我就到门口去征求村民的意见。马金山一听慌了神，用身子挡住马平安，劝止他说，爸，你不能自作主张，我这个方案是村委会讨论过的，征求意见也得用我这个方案。

马平安平静地说，你给我滚开。

马金山没动，还挺了挺腰杆。

马平安急了，扬起胳膊抽了马金山一个耳光。马金山还是岿然不动，一副大义凛然的样子。马平安突然弯下腰，在马金山的大腿上狠狠地咬了一口。他这一口用力大，马金山疼得娘呀娘呀地叫着，跳到一边去了。这一情景不仅让屋子里的几个大人目瞪口呆，就连马军也吓得扑到妈妈的怀里，头也不敢抬了。

马平安还没出门，门外突然间变得鸦雀无声，只有一个宏亮的声音在说：老少爷们，我来晚了一步，让你们担惊了。我要告诉你们，咱马沟的马平安书记不黑不贪，压根儿就没打算把集体资产化为己有……

马平安听出是马奔在说话，屋子里的几个人也都听出来了。

马奔说，马书记为啥安排了一场死而复生的游戏，就是想让一些人充分表演一下，看看他们高喊的改制到底是为了谁。他"死"的这三十多个小时中是和我在一起，还有咱村的几个支委、村委。我们商量了一个新改制方案。我没有权力宣布，一会儿马平安书记会亲自给大伙儿说明。我马奔只能告诉老少爷们一句话，马平安还是过去的马平安，请老少爷们还像过去一样信任他、支持他！

哗哗哗，如同大风吹树叶一般的掌声响了起来。

马银山上前紧紧抱住浑身颤抖的马平安，亲热地叫了一声爸，就说不出话了。

马金山抱着受伤的腿，单脚跳着上了楼。

周大保的神情有些恍惚，一屁股坐在沙发上。

八

一个月后，马沟村煤矿改制方案经村民代表大会高票通过。在这个方案中，改制后的马沟煤矿由民营企业家马奔控股，马沟村村民自愿入股，不愿入股的，按眼下的市场价格赔偿当年的投资。马奔除了投资一千万对马沟煤矿进行了技术改造，提高了产量，还按照合同规定，保留了与村民利益相关的福利，第二年又对幼儿园、学校进行了翻修和重建。

马平安因为操纵了一场活人出殡的游戏，造成不良影响，辞去了马沟村党支部书记的职务，到县城跟二儿子马银山过了。他每天骑着自行车接送小孙子上学下学，闲下来到公园和一些老人一起下下棋。人混熟了，说话也就随便了。有人问他，你老马当初何必做那场游戏？马平安认真地回答说，我不做那场死亡的游戏，今天就不会活得这样轻松。

　　唯一让他感到遗憾的是，他从小就疼就爱的干闺女小荷，从此再没去看过他。也有的知道这档子事的老人给他开玩笑，问他是不是和小荷的娘有一腿，小荷真的是不是他闺女。他笑笑反问，我马平安有那个福气吗？

　　马金山把运输公司也卖给了煤炭公司，去了加拿大。在那里待了不到一年，又一个人回来了。他说那边的生活不习惯，不踏实，老是有一种双脚离地的感觉。他还开玩笑说，就是想找小姐，语言不通也不敢。他在县城开了一家投资公司。有人说他的投资公司是放高利贷，断言这小子早晚得栽个大跟头。

　　周大保那次事情后不久，就被免去县长职务，调到市里一个局任局长。

　　十年后的一天，马奔来县城请马平安喝酒，对他说，老书记啊，咱的煤矿又要改制了。市改制办周大保副主任来咱村宣布的，说咱这样年产二十万吨的小煤矿，要让省里的大煤炭公司兼并重组。

　　马平安愣怔了一会儿，问：又是一刀切吗？

原载《特区文学》2011 年第 2 期

《中篇小说选刊》2012 年第 1 期选载

并非虚构

一

正在市委党校学习的县纪委副书记兼监察局长孙向东，接到县委办紧急电话通知，说是有重要任务。他请了假，急忙赶回县里。

县委书记魏丰没等孙向东喘口气就开门见山地说，这件事影响太恶劣了，必须认真调查、严肃处理。说着，把一份内部材料扔给孙向东。

孙向东匆匆读了一遍，脑袋就涨大了。

和许多呈送领导参阅的内部材料一样，这份"内参"只有简短的几百字，而且是大号字。

本月9日，一部反映抗战题材的电视连续剧来我县革命老区和沟一带拍摄。我县县委、县政府和各有关部门给予了大力支持。可是，当几十名新四军战士在我县西部山区和沟村拍摄时，却遭到当地村民的围攻，双方发生争执，发展到打斗，演员和村民均有人受伤。事件发生后，有的年轻演员在微博中严厉批评说，和沟是革命老区，可是这里的村民对新四军的感情让人感到不可理解。村民打伤的岂止是演员，而是抗日救国的战士。我怀疑这里到底是不是当年的老根据地……

孙向东看到市、县领导均在"内参"上作了批示，有的说得相当严厉，上升到了"严重损害老根据地的政治形象，同时严重影响我县发展红色旅游经济……"他感觉到了问题的严重，心里暗暗为和沟捏了一把汗。同时，他对"内参"的一些提法也有不同看法，直言不讳地对魏丰说，魏书记，这里边是不是有误会？分明是扮演新四军的演员同当地群众斗殴，不是新四军……他没往下说。你孙向东总不能当着魏书记的面批评魏书记甚至市领导小题大做吧？县委主要领导考虑问题总有一定的道理。他同时也明白了魏书记把他从党校找回来，让他负责调查处理这件事的原因。毕竟他是和沟村人，在和沟长大，至今他二叔孙崇东还生活在和沟村。他每年都要利用假期回去几趟看看他老人家。不过，他也觉得这件事情调查处理起来比较棘手。他看了一眼魏丰，坦诚地说，魏书记，我是和沟人，是不是应当回避一下？

魏丰说正因为你是和沟人，我才第一个考虑的是你。你熟悉那里人的脾气秉性，容易沟通。再说，你原则性强，秉公办事，一定能处理好。魏丰看他还有些犹豫，又鼓励他说，老孙，你就放心、大胆地工作。我已经吩咐和沟镇的镇长刘满志，让他全力配合你的工作。

孙向东问，镇里有没有调查过，有没有初步的意见？

魏丰说，刘满志他们的意见是先把和沟村的村委会主任撤职……

孙向东皱了皱眉头，认真地说，按照村民委员会组织法规定，村委会主任的任免要经过村民代表大会。

魏丰对孙向东的话明显有点不满，但又不好反对。他指着"内参"说，镇上早就打算对和沟村的班子进行调整。这两年那熊地方也不是出一件两件事了。修高速公路征地就聚众闹过一次，影响很坏。大力发展红色旅游是咱县振兴西部山区的一项重大举措。人家老板是咱们招商招来的、请来的投资发展旅游的，本来是件大好事嘛。周边几个有征迁任务的村都快完了，还是和沟村在捣蛋，到现在也没多大进展。刘满志告诉我说，像那样的地方，一定有黑恶势力在操纵，在搞鬼。这次就是那个村委会主任带头，还喊什么谁往前冲给谁发红包。看看，性质多恶劣！这次你们要借追查殴打新四军的机会，彻底整治一下。

不是新四军，是扮演新四军的演员！孙向东马上纠正说。他在县机关是有名的"炮筒子"。在当地，"炮筒子"的意思褒贬各半，褒是说这个人性子直，光明磊落，说话直来直去，有啥说啥；贬是说这个人缺心眼，没眼色。他不管是在哪一级领导面前都是实话实说。有一次，省委主要负责人来视察信访工作，召开座谈会时他也参加了。省委主要负责同志表扬说你们县信访工作做得不错，排名一直在后。与会大多数人发言时对省委负责同志的"亲切鼓励"表示感谢，唯独他孙向东提出信访排名次不科学。如果不是省委负责同志当场表示会考虑他的意见，说不准魏丰会狠狠批他一顿。这会儿，他又当面顶撞魏丰，说这事不能凭一条微博就下定论。再说了，不能把和沟的百姓同新四军演员冲突定性为与新四军冲突，那就太无限上纲了！

魏丰虽然不高兴，但没有表现出来，相反大度地笑了笑，是啊，是演员，但是演新四军的演员！老孙你知道吗，那个新四军连长的原型就是咱老省长！老省长亲自担任这部电视剧的顾问。你说……

孙向东板着脸，一丝不苟地回答说，我现在什么也不能说。毛主席他老人家说过，没有调查就没有发言权。

孙向东从魏丰办公室出来，连家也没回，带上负责基层监察的科长李龙、科员张小梅，直接奔和沟村而去。路上，他把"内参"给李龙和张小梅看了。李龙看完，笑了笑说，这是虚构的故事吧？会不会是写"内参"的人把电视剧的情节弄错了？

孙向东头靠在座椅上，双眼紧闭，好像在思考问题。张小梅接上李龙的话淡漠地说，并非虚构。要是虚构的故事，还有必要兴师动众地派咱们去呀？

李龙说，是啊。假如不是虚构，这问题还真严重了。他又翻了翻材料，惊讶地说，咦，还有咱县李成长副县长、开发商贾老板的证明材料呢？说着，轻轻读出了声：

我在剧中扮演首长，那个时候正在车上休息。有个男演员来喊我，说是老百姓和新四军打起来了。我出去一看，和沟的老百姓已经围了上来，黑压压的一片。我就高声喊：我们是新四军，我们是新四军。他们不理。有个人还冲我喊，打得就是你这个新四军！我又喊我是李县长……

张小梅说，不对吧？李副县长怎么也当起演员来了？

126

　　李龙说，你看看，白纸黑字还能错了？和沟煤矿老板贾二木还是男二号呢！说着，把材料递到张小梅手上。张小梅看着看着皱起了眉头，说这也太稀奇了，贾二木肥头大耳那样，哪像当年缺吃少穿的新四军？不是说演员要过五关斩六将地选出来吗，张艺谋选演员都是全国挑了又挑。怎么……？

　　李龙咂咂嘴，唏，你是真不懂还是装不懂？现在不是过去了，有钱投资当制片人，别说弄个演员当当，就是导演、演员也是给投资人打工，得投资人说了算。

　　张小梅说你别吹了，不懂装懂。俺们老张家的老谋子、还有姜文、陈凯歌那些大牌导演会听你有钱人摆布？

　　李龙嘿嘿笑了，全中国有几个老谋子？

　　张小梅又看了一遍材料，十分肯定地说，凭我的直觉，"内参"里说的肯定事出有因。和沟村老百姓凭啥无缘无故和这些演员打架？

　　孙向东一直没有插话。他在反复思考着这一看似荒诞的事件背后，有没有魏丰说的黑恶势力的背景。

　　和沟村是名副其实的革命老区。孙向东刚懂事时，就经常听爷爷、父亲和二叔以及村里的老人提起后山坡上的"二八"烈士陵园，那里掩埋着的二十八位烈士中有新四军战士、有和沟村的民兵、村干部，孙向东的大伯也是其中之一。他们是在一次反日本鬼子清剿的战斗中，为掩护新四军伤病员和老乡撤退，同数倍于自己的敌人拼死激战后壮烈牺牲的。新中国成立后的 1955 年，也就是孙向东出生的前一年，人民政府在当年他们牺牲的后山坡上建了烈士陵园，时任县长、从和沟突围的新四军老战士劳继和他的一百多位战友参加了那次活动。劳县

打小鬼子八年里，家家都有扛枪打仗的，户户都
有牺牲受伤的，还有的人家成了绝户头，没有一家的房
子不是被烧毁重建，又被烧毁再重建折腾了几回的。

长热泪盈眶地说，和沟的老百姓为革命做出的牺牲大得去啦！打小鬼
子八年里，家家都有扛枪打仗的，户户都有牺牲受伤的，还有的人家
成了绝户头，没有一家的房子不是被烧毁重建，又被烧毁再重建折腾
了几回的。我的老班长临牺牲前，嘴里吐出的最后两个字是和沟。他
是在教我永远不要忘记和沟人民……日他娘谁要忘了和沟的老百姓，
谁的良心就被狗吃了狼嚼了。

　　孙向东从小学到高中毕业那些年里还时兴划阶级，和沟村几百户
人家，几乎家家的门框上、屋当门都挂着革命烈属、光荣之家的牌子，
就连两户地主成分的人家，因为家中有为革命牺牲的烈士，门前也挂
着光荣匾。他的大伯是烈士，大姑抗战时期加入新四军，跟着队伍南
征北战，退休之前一直在部队工作，所以，他家的门框上、屋当门的
墙上也挂着这样的牌匾。每年国庆、春节等重要节日的前夕，从县到
公社到大队再到生产队的慰问活动能持续好些天。那时不兴送红包，
但大红春联、红纸或红布包裹着的两斤白面、一斤猪肉等还是要送的。
孙向东和村里的孩子们怀着好奇心，围着敲锣打鼓的慰问队伍跑前跑
后，有时都忘了回家吃饭。他爷爷每到那个时候，总会提前两天剪头、
刮胡子、换上孙向东大姑夫解放那年送他的黄军装，等候着那一时刻
的到来。孙向东清楚记得，在那些特殊日子，只要听到村口锣鼓响了，
爷爷的脸上立刻红光闪烁，精神抖擞。如果他正弯腰劈材，会立刻直
起腰；如果他蹲在地上，会马上站起来，激动之情溢于言表。有一年
春节前十几天下了一场大雪，和沟通往外边的路被大雪隔断。那些天
里他爷爷很急躁，老是横挑鼻子竖挑眼，一会儿骂儿子几句，一会儿
训孙子两声，再不就冲着小鸡小狗说三道四。孙向东的爸爸知道老爷

128

子的心事。老爷子不是等两斤白面包饺子，也不是等那一斤猪肉当下酒菜，而是等的锣鼓喧天、鞭炮齐鸣那样一种庄严而神圣的仪式，以及接过红色牌匾那样一种荣誉。大年三十早上，孙向东还没从被窝爬出来，他爸爸就把他提撸起来，催他到村口看看。孙向东在心里算了一下，那大半个上午他从家里到村口来来回回十二趟，一趟一里路，他在雪地里整整跑了十二里路。

那年上边好像特别重视慰问军烈属革命残废军人等，不光给白面、猪肉，还给红包。孙向东家是第一站，他爷爷高兴地从县民政局长手里接过红包，以为是慰问信，没有马上打开看，等慰问团一行人走后，他爷爷对他爸爸说，读给你妈听。他爸爸从红包里抽出的是 3 张拾元一张的人民币。他爷爷马上变了脸。这之前他爷爷走路时两腿有些颤，手里挂拐杖，那一刻他突然变了戏法一样，两腿来了劲，亲自拿着那几张人民币，咯吱咯吱地大步赶到慰问团到的第二家，径直停在县民政局长面前，扬了扬手中那几张人民币，说，局长，你这是弄啥？县民政局长一行愣了，围在四周的和沟百姓也莫明其妙地睁大了眼睛。因为他们不敢相信老爷子会嫌上级给的慰问金少。县民政局长搓揉着本来黑不溜秋但冻得发红的脸，不好意思地说，老孙爷爷，咱们县还很穷……

孙向东的爷爷打断他的话，非常严厉地说，俺家儿子不是为这死的！他九泉之下如果知道他老爹拿这份钱，会骂当老爹的不吃人粮食。说着，两行泪珠毫不迟疑地滚出了眼眶。

场面一时十分静默，接着，在场的老头儿老太太哭了，孩子们哭了。那些慰问对象纷纷表示不能收政府的这笔钱。尽管 30 元钱在那个

年代对和沟百姓来说太贵重，大多数人家一年辛辛苦苦干下来，别说
领不到30元钱，不透支就不错了。

县民政局长转身抹了把眼泪，激动地抱着孙向东的爷爷，连说，
和沟人民真伟大，和沟人民真伟大！

上个世纪六十年代后期到七十年代初期，北方边境地区一度吃紧，
伟大领袖毛主席发出要准备打仗的号召，举国上下全民皆兵，和沟村
一度又热闹起来。省里来人了，地委来人了，部队也来人了，提出要
把和沟村（一带）山区打造成铜墙铁壁的根据地。公路是那时修的，
叫战备公路；和沟周边的山全挖空了，挖通了，说是做战备仓库。

从解放初期到孙向东上大学离开和沟那些年，和沟一直是全县全
公社的老先进。挂在树上、墙头上的大喇叭、村民家的小话匣子里，
一到春耕秋收、卖公粮等时候，村会计就会用惊喜的声音喊，咱和沟
村又弄了个第一……孙向东在离村子二十里的公社所在地上初中，一
听说是和沟村的，不管老师还是学生都肃然起敬，就连食堂负责打菜
的师傅都另眼相看，盛汤时比别人多给半勺子。

和沟还是拥军模范村。每年夏收秋收时节，都有解放军来帮着搞
收割。据说，有一首响遍大江南北的歌曲中"帮助咱们闹秋收"就是
在和沟获得的创作灵感。孙向东的爷爷一直到去世那年，还被邀请到
部队军营讲光荣传统……

和沟，是和革命、光荣、先进等名词紧密联系在一起的，简单两
个字：红色。

为什么这样一个地方，会发生与战争年代，与拥军的传统完全背
道而驰的荒唐事？突然，他想不久前侄子孙爱东来县城办事，和他一

起吃饭时提到过征地的事，埋怨县里和镇里不按中央的政策办事，给村民的补偿标准太低，还不考虑村民往后的生活。他当时嘱咐孙爱东几句，有什么要求通过合理渠道向上反映，千万不要意气用事。后来，他去了市委党校学习，不太了解这方面的信息了。如果是因为征地纠纷引发的，怎么会又有新四军演员拍戏的情节呢？孙向东想得头疼，也找不到答案。

二

孙向东一行乘坐的面包车在和沟村头的小桥上被几个十几岁的孩子截住了。那几个孩子有的手持红缨枪，有的拿着大刀片，有的还扛着扁担。手持红缨枪的女孩把红缨枪平端在手上，磨得锋芒毕露的枪尖对着面包车，声嘶力竭地喊了一句，停车，不许动！那个拿大刀片的男孩扬了扬刀片，跟着叫了一声，滚下车来，检查！李龙和张小梅包括司机都被逗笑了。李龙说，孙局长，您这真不愧为革命老区，到现在还查路条呢？

孙向东朝车窗外看了一眼，认出那个女孩是二叔孙崇东家老三的闺女小英子。他打开车门下了车，冲那个手持红缨枪的女孩子叫了一声小英子。那个女孩惊喜地回叫了一声大爷，丢下红缨枪就跑过来抱住了孙向东。李龙和张小梅这时也下了车。李龙弯腰拣起小英子丢在地上的红缨枪，开玩笑说，你大爷喊一声你就缴枪了，要是你大爷拿枪对着你，你还不举双手投降？

小英子一把夺过红缨枪，严肃地说，我爷爷我爸爸我大哥都说过，和沟人不知道投降二字咋着写！打从有和沟村以来几百年，只出英雄好汉不出孬种坏蛋。她仰头看着孙向东，问，对不大爷？

孙向东点点头，亲切地抚摸着她冻得发红的脸蛋，问，小英子，你们这是弄啥呢？又是枪又是刀，剑拔弩张？咋着，学校也放假啦？

小英子一本正经地说，老师说了，和沟村到了最危险的时候，大人孩子都要挺身而出，保卫我们的家乡。

李龙和张小梅都乐了。李龙说，至于吗？这是和平年代，怎么会出现最危险的时刻呢？

孙向东也皱了皱眉头，问，你大哥他们呢？小英子的爸爸妈妈都在城里打工，这个情况孙向东比较了解。

小英子扭过头，向村头指了指，说大人们都在那边挖壕沟，所以才让我们少先队的站岗放哨。手拿大刀片的男孩子接上说，坏人一来我们就放鞭炮。这是小英子的爷爷教我们的。

李龙又问谁是坏人？小英子脱口而出地答道，贾老板和拆迁队。他们是来抢俺们和沟人的命根子的。

拿大刀片的男孩儿在一旁接上说，我爸说命根子就是土地。

张小梅上下打量着小英子，唏，人不大，知道的不少。

带着早春寒气的北风在空旷的田野上打着旋儿，不时卷起一片黄土，天地之间变得有些昏黄。从挖壕沟的那边，随风飘过来一个中年男人火辣辣的声音，小英子，小英子，你们那边出啥事了？有人来咋不给信号？

小英子回答说，是我大爷。我大爷又不是坏人。

那边的人听了小英子的回答后，沉默了一会儿。孙向东把注意力转到壕沟那边。他先是看到有几颗人头冒出壕沟晃了几晃，好像在商量事情，接着，有几个人从壕沟里爬上来，急匆匆地向这边走。小英子对拿大刀片的男孩子说，王二小你爸来了。又对孙向东说，王二小他爸会拳，是反拆队的大队长。孙向东这才亲切地摸了摸王二小的平头，你是王狮子家的孩子？怪不得长得虎头虎脑。

张小梅拉了李龙一把，低声说，看看，"内参"里说得情况事出有因吧。

王狮子长得人高马大，膀大腰圆，仿佛一尊铁塔。他的眉毛从里到外呈现刀片状，透着一股豪气，但也带着些杀气。他身后的两个小伙子都在十七、八岁，像刚下学不久的学生，腰上系着红绸带子，一看就和电影电视里常见的习武之人一样。两个人一个背上挎着唢呐，一个肩膀头拴着只铜号。孙向东皱了皱眉头，心里想，搞啥玩艺，该不是还在拍电视剧吧？

王狮子和李龙握手时，轻轻用了一下力，李龙就疼得歪着嘴，皱了皱眉头。他与张小梅握手时，张小梅却不管三七二十一，咧着嘴喊疼死我了，疼死我了！王狮子得意地哈哈大笑，妮子，没听说和沟大人孩子都会三拳两脚？俺这可是百里闻名的武术之乡。他没和孙向东握手，恭恭敬敬地叫了声，向东叔，您回来了？

孙向东开门见山地问，狮子，你现在村里担任啥职务？

王狮子伸出大拇指，在孙向东面前比划了几下，叔，我现在是一把！一把，你懂吧？村民委员会主任。

孙向东点点头，噢了一声表示明白。他心想，好你个王狮子，身为村民委员会主任不带着村民搞春耕春种，搞起什么挖壕沟、忙备战的事，还把孩子们也发动起来了。看我不狠狠地训你一顿。

王狮子说完，反问，叔您得有大半年没回老家了吧？又指了指李龙和张小梅，二小你小子给我看清了，你向东爷爷这才是官，走哪儿前呼后拥，耀武扬威。你要不好好学习，考不上大学留在和沟混，最多也就跟你爹一样当个小村官……

　　孙向东听出王狮子话中带有含沙射影的意思，也没和他计较，直截了当地告诉他，我和我的两位同事李龙、张小梅，是县委派来调查"二八"事件的。你们乡党委、乡政府给过你们通知了吧？

　　王狮子一愣，不解地问啥"二八"事件？我就知道咱和沟有座"二八"烈士陵园。向东叔你们是不是要祭拜烈士陵园？好，这事我能安排。说着，就对小英子下了指令，小英子你和二小带你大爷去一趟。然后又对孙向东说，我安排一下挖壕沟那边的事，回头在村里烧好茶等你们！

　　明眼人一看王狮子就是在装腔作势，糊弄孙向东他们。孙向东当然不能等李龙和张小梅对王狮子提出质疑，主动对王狮子说，你小子别给我玩立格楞。今天是二月十八，十天前和沟发生了啥事你不知道？烈士陵园我们肯定会去祭拜，但是我们现在要做的是调查事件的起因和经过。

　　王狮子两只手掌翻来覆去地轮换搓着，而且非常用力。李龙打从看见他，他就几乎没停止过这一动作。也许会武术的人都喜欢这个样子。这回，他两手挠着头皮，嘻嘻笑着说，二叔，十天前我和崇东爷爷在乡里参加啥鸡巴培训，听省城来的专家讲什么调整种地结构，没有在家。不信，你问问小英子。小英子，你爷爷那两天是不是也不在家？

小英子点点头。我爷回家就喝酒，喝醉了就骂人。说那个专家车轱辘话讲了半天，就是想让咱把地给姓贾的老板。专家是贾老板花钱请来的，专门替老板说话……

李龙看了张小梅一眼，二人会心地笑了笑。

孙向东问，我二叔在家吗？

王狮子说不在，崇东爷爷今儿天朦朦亮就去县城了，临走嘱咐我在家主持工作，争取今明两天把壕沟挖好。没想着你会回来。他要知道你今天回来，说啥也不会出远门是不？咋说你爷俩也有段日子没见了。他说着，不住地给小英子挤眼皮。孙向东看在眼里，也没有点破。

王狮子说这话时，小英子一直仰着脸，眼珠子滴溜溜转，看看孙向东，又看看他。等他说完，小英子开了口，狮子哥你骗人。我爷没去县城，刚才我还见他在那边看你们挖沟！

在场的人都目瞪口呆。王狮子闹了个大红脸，仍然嘻嘻笑着，说，你小妮子年龄不大眼睛倒是花得很快，你看错人了吧?！说着，又给小英子挤巴挤巴眼皮。小英子也许没弄懂他的暗示，生气地说，你才眼花呢，我爷爷我还不认识？我爷爷穿的是我爸当兵时的黄裤子，屁股上边补了块又圆又大的黑补钉，我弟叫他黑太阳！说着走到孙向东身边，拉着他的手说，大爷，你到那边准能找到我爷爷，裤子腚帮上有块黑补钉的就是我爷爷！

王二小也在一旁为小英子作证，说，我也看见小英子的爷爷了。

王狮子恼羞成怒，对王二小头上就是一巴掌，老子咋就养了你个小叛徒、内奸？

王二小拧着脖子，仰着头，不服气地说，叛徒才不说老实话呢！

我说的是老实话。王狮子还要伸手打他，被张小梅拦住了。她把王二小拉到自己怀里，用严厉地目光瞪了王狮子一眼。王狮子的手在半空中划了一道弧线，落在自己的大脑门上，转身冲孙向东嘻嘻笑着，向东叔，崇东爷爷心情不好，动不动就找茬骂人，我都不敢离他近。这样吧，有啥子事咱爷俩先说。我这人是巷口里扛扁担直来直去，不会对你掖着藏着。说完，眼珠子转了几圈，又说，再说咱也没啥可掖着藏着的是不是？他边说边脱下鞋子垫在屁股下，然后盘腿坐在地上，拉出一副一夫当关的架势，好像在告诉孙向东一行，你们要进和沟，就从我身上越过去。他带来的那两个小伙子双手抱拳，两腿呈八字型站在他身后，仿佛也做好了随时攻击的准备。

李龙年轻气盛，上火也快，上前指着王狮子说，你这是什么态度？孙局长现在的身份不是你和沟村谁家的二爷爷、二大爷，是县委调查组的组长。

王狮子把右手放在额头上遮挡着太阳光，眯缝着眼看了李龙一会儿，嘻嘻笑了。我说同志你没搞错吧？他孙向东就是省委调查组长、中央调查组长，那也是孙崇东的侄子，我王狮子的叔。人的官做得再大也不能忘祖。你说对吧，向东叔？

孙向东一直在想着怎样把这次调查工作往前推进。他已经从王狮子的言谈中了解到了"二八"事件的一点信息。如果还没进村就和王狮子闹僵，就会影响到下一步的工作。来之前魏丰已经告诉他，镇长刘满志带着工作组先他之前来过，被村民挡在村外，双方差点儿动了武，也没能踏进和沟村半步。他想，既然王狮子要谈，在地头谈也未尝不可。过去搞调查研究就经常深入田间地头，一些机关干部戴的草帽就具有两种功能，一是遮太阳，二是垫屁股席地而坐用，只不过这些年搞调查研究的风气也跟着社会风气转变，转移到了会议室或者酒桌上。他也脱下鞋子垫在屁股下，同王狮子面对面坐下了。李龙想学他和王狮子，往下坐时身子没找到平衡点，仰天躺在地上。惹得小英子和王二小哈哈大笑。

孙向东说，狮子，你把二月八号那天和沟村发生了什么事，实事求是地说给我们听听。

王狮子刚要开口，看了王二小和小英子一眼，摆摆手说，你们去干你们的事吧。大人说话，没小孩子啥事。孙向东知道这是和沟人的传统，大人之间的事情尽量不牵涉孩子。有时候两家人吵架，为了避开孩子，跑到山上或地里，吵也好骂也好打也好，回来见了孩子仍然笑嘻嘻的跟没发生过事情一样。用他爷爷活着时说过的一句话，这叫不把孩子往坏里带。于是，他也对小英子摆了摆手。

几个孩子走出十几步远了，王狮子又大声叮嘱一句，瞅着东南湖那片。

孙向东知道东南湖是通往镇上的去处。他们刚才是绕了个道，没经过东南湖。王狮子让盯着东南湖方向，实际上盯着镇子方向有什么风吹草动。他心里不禁有点儿悲哀。他小时候在家的时候，只要东南湖方向有人过来，村里都是一片欢天喜地。因为从那边过来的，不是上边派来为农民搞服务的工作队、医疗队，就是放电影的、演戏的，或者是送救济粮什么的。而如今，村民竟然对那个方向产生了敌对情绪。这是怎么啦？

王狮子对孙向东说，向东叔，那个龟孙子骗你们，二月八号那天新四军从来不从老百姓的庄稼地里趟过来趟过去。

　　我真不在家。崇东爷爷也不在家。这么给你说吧，俺爷俩有一个在家，那些王八羔子敢来？

　　人家是拍电视剧经过这里。张小梅说。

　　扯！王狮子抓了个硬坷垃蛋子，在手掌心搓了两下，松开手落下的是土。他拍了拍巴掌，又在裤子上擦了擦手，才说，那个姓李的县长、姓贾的老板和他相好的女人不是来和沟一次两次，十次八次也有了，扒皮也认他们骨头。你说是拍电视剧，咋就那么巧？他们还装新四军。新四军是啥样子我没见过，可也听说过。新四军从来不从老百姓的庄稼地里趟过来趟过去。好好的麦子啊，几匹高头大马和几十个人硬是踩呀踩呀，还在地里打滚。地里的麦苗儿多脆弱，三下五除二就给轧死一片。爱东喊了几遍，理也不理。不是故意？

　　李龙惊奇地睁大了眼睛，还有这事？

　　王狮子指了指东南方向说，不信你顺这儿过去看看，人踩马踏，毁了好几亩麦子呢。真的新四军能这样干？真的新四军那是爱护老百姓的粮食，过去有个电影就是讲新四军为了保护老百姓的收成与日本鬼子血战的。

　　李龙见孙向东点头了，顺着王狮子指的方向，边走边看，一直走了很远。

　　张小梅等李龙走后，问，先动手打人的村民现在在哪里？

　　王狮子忽然从地上跳起来，气势汹汹地原地转了几圈，咋，你们也是来帮姓贾的老板挑俺们刺的？我就奇了怪了，姓贾的花钱能雇保安、雇演员、雇黑社会，还能使得动你们？

　　孙向东的脸一下子涨红了。他也站了起来，激动地冲着王狮子吼

138

道，你给我闭嘴！瞧你说得屁话，像个村干部吗？牢骚，骂人，还有啥本事都拿出来！

王狮子见孙向东发了火，愣了一会，才重又坐在地上。孙向东这回没坐，而是蹲了下来。他想和王狮子好好谈一谈。可是，还没等他蹲稳当，王狮子像屁股触电一样突然又跳了起来，气急败坏地对身后那两个小伙说，快，快吹唢呐号子，有人来了！

孙向东见张小梅的表情也像受了惊吓，不由地扭头看了一眼，果然看见一支车队浩浩荡荡地开了过来。还没等他醒过神来，随着唢呐和铜号的声响，挖壕沟那边一下子钻出来几百人，大呼小叫着朝这边涌来。

三

车队在离孙向东十几米的地方停下来。因为孙向东乘坐的面包车是县委机关事务管理局派的，车号尾数是小号。一些地方的车号按照领导的级别发放，老百姓一看车号就知道是当地什么级别的官，甚至官员的手机号也按照级别排列。这也是中国的一大特色。最前边那辆警车看了停在路边的面包车车号，知道县里来人了，所以停了车。从车上下来的是和沟村所在镇的镇长刘满志。

是你啊老孙，接到县委办的通知，说是你要来，我就赶来了。怎么着，你没被包围、挨揍吧？刘满志的眼小，外号老鼠眼，但脸上肉多，笑的时候眼睛常常被掩埋在肉堆里，让人看不清他的目光。眼睛是心灵的窗户。看不清目光就不容易看清心里咋想。也许是怕风吹，他今天戴上了一副墨镜，两只眼睛全都被罩住，更看不清他的目光。

按县一级的干部行政级别，镇长和局长都是正科级，刘满志和孙向东同级，所以见面没称职务。

孙向东看了看刘满志的队伍：五辆车中，三辆小轿车，其中一部奔驰、一部宝马，显然不是镇政府的车，还有一辆警车，另两辆是中型面包车，五辆车上下来二十多人，有镇政府机关的工作人员，有的身份不明。再看看从挖壕沟和村子里过来的人，虽然有好几百，但大多数年龄在半百以上，而且妇女居多，再不就是十五六岁到十七八岁，刚下学不久的学生，小英子和王二小那个年龄段的也占了很大比例。他忽然明白了，这就是当前一些农村人口结构的实际，青壮年外出务工了，家中剩下的就是这些人群。他们手中的家伙更是让他啼笑皆非，有的拿着铁锨、抓钩，有的拿着扁担、棍子，有的拿着菜刀、斧头，有的妇女还掂着炒菜用的锅铲子、盛饭用的勺子……他的神情越来越沉重，目光越来越严峻，问刘满志，刘镇长，你这是要干啥？

刘满志说，抓人！

孙向东问，抓啥人？

刘满志说，那天打伤新四军的人。

张小梅白了刘满志一眼，严肃地说，别口口声声新四军。他们不是新四军，是演新四军的演员。

刘满志说，是新四军。

张小满说，是演员。

刘满志见张小梅和他较劲，有点儿不高兴，但嘴上还是改了称呼，说，是演员，演新四军的演员。又说，有个女演员现在还在医院，检查说是脑震荡。依照法律，打人的已经构成了伤害罪，所以要进行刑事拘留，然后审判。我的意见是一定要用这件事吓吓那些刁民，与政府作对没有好下场。

王狮子斜着眼看了刘满志一眼，不满地说，你咋不说俺们也有人受伤？咋不说他们的人先动手？再说，你说和沟村的人与政府作对。我问你，我们啥时候和政府作过对？俺和沟村这些年没有一个违反计划生育政策的，没有一个偷税漏税的，没有一个……他还要往下说，被刘满志粗暴地打断了。刘满志说，可你和沟村上访的这二年最多。

王狮子说，你咋不说俺为啥上访？

刘满志说，不管为啥上访，都是与政府作对！

王狮子呸了一声，说，你姓刘的代表不了政府。人民政府是为老百姓说话、办事的。你口口声声哪句话是为我们老百姓？

刘满志摘下墨镜，两眼露出凶光，手指着王狮子的额头，恶狠狠地说，王狮子你小子本事大，三天两头给我整出个大动静。这一回连市、县领导都惊动了，老省长也气得都拍了桌子，就差没惊动党中央、国务院了。你等着，事情过去了我会给小子你算总账。

王狮子拍了拍胸脯，不屑一顾地说，你以为我怕？不就村委会主任个小鸡巴乌纱帽吗？你要戴你拿去。我一不贪二不占三不睡破鞋，你爬梯子也够不着我的头发稍！

刘满志气得直跺脚，好，好，好你个王狮子你给我等着。

孙向东先用严厉的目光制止了王狮子，让张小梅和王狮子谈谈，了解了解情况。他把刘满志拉到一边，悄声对他说，抓人是公安机关的事情，而且要有充分的证据。你一个镇长亲自带着这么浩浩荡荡的队伍来村里抓人，合适吗？

刘满志哧哼一声，用右手大拇指和中指、食指夹着鼻子，擤出两行黄色状的鼻涕，顺手在裤子上一抹。张小梅看了，皱了皱眉头，恶心地扭过脸去。刘满志对孙向东说，老孙你以为我想来？是李成长副县长打电话给我，说老省长发火了，县委魏书记批示了，和沟的问题严重了，让我来压一压。他说警察负责抓凶手，我负责做村民的稳定工作。

王狮子站得和刘满志不远。刘满志的话他都听清楚了，可是碍着张小梅的面子不好发作，气得肚子像塞了气球，一鼓一鼓地不住地起伏。孙向东怕他再和刘满志冲突，不时拿严厉的目光瞪着他。

从壕沟里钻出的和沟村民在小桥的另一边停下了，与孙向东这边形成了隔桥对峙。因为小桥只有四五十米长，两边的人眉毛胡子甚至脸上表情的微小变化都看得见，说话尤其是骂人更听得清楚。

有人说，孙向东你弄啥呢？当官那多年不给老家办一分钱的事，连一两化肥都没帮着批过。别人欺负咱老少爷们，你还带着警察来吓唬人，像话吗你！

有人说，老孙家打从闹红暴动到抗日战争、解放战争，出了好几个烈士，咋到这辈子上出了个胳膊肘儿朝外拐的孬种呢？崇东爷爷您老家也替老孙家动动家规呀！

有人说，看看姓刘的老鼠眼那肥头大耳的熊样，上边补助咱的化肥不知让他偷吃了多少才追得那么肥。

有人说，这个狗日的贪官，和姓贾的老板穿一条开裆裤。他的大肚子都是姓贾的钱给塞满的。不信让他拉屎看看，肯定也有铜臭味。

孙向东听着乡亲们的骂声，心里很不是滋味。到了家门口，见了亲人，却没有得到热情欢迎，而是挨了一顿臭骂，搁在谁心里都不会好受。不过，他清醒地认识到现在不是和父老乡亲套近乎、作解释的时候。眼下最要紧的是不能让和沟村民与刘满志带来的人再次发生冲突。如若两边再发生冲突，等于火上浇油，而且会把事态闹大。他对刘满志严肃地说，刘镇长，眼下这个样子，我建议你们先回去。上级三令五申不让随便动用警力，你就不怕承担责任？你看怎么样？

刘满志头摇得像只货郎鼓，连说那不成，那不成。堂堂的镇人民政府镇长，怎么能在农村黑恶势力面前退却？说出去还不让人笑掉大牙！再说，再说……他没往下说，而是改了口，这法儿不成。

孙向东向小桥对面瞟了一眼，那你看看，你要强行抓人会是什么结果。你不会想让和沟血流成河吧？到那时你的责任更大了。他的目光越来越严厉，又说，还有，你不能以镇人民政府的名义，也不能断言和沟就有黑恶势力！别说老百姓不服气，我听了心里都不乐意。

刘满志的脸一会儿红一会儿白，他生气的时候想努力睁大眼睛，结果适得其反，眼睛陷得更深，只露出两片像绿豆粒般的光点。孙向东突然想起他的外号"绿豆眼"，咬紧牙关才控制住没笑出来。

孙局长你，你太迁就你老家了吧？刘满志表现出强烈不满。就那群乌合之众，不说别的，枪往天上一举，不等响声，准吓得屁滚尿流。我们镇上去年打掉一个黑社会性质的团伙你总该知道吧？我那时是分管副镇长，亲自带队干的。别看那十几个孙子平时耀武扬威，牛皮哄哄。老子喊了一声我是镇长，都他妈的真成孙子了！魏书记后来在全县大会上表扬我就说过，路见不平一声吼，该出手时就出手！要是我不到外边学习，和沟这度假村早建成一大半，你来我也不会在这地头上接待你了。

孙向东朝小桥那边又看了一眼。

这时，李龙匆忙回来了。他两手都攥着麦苗。不过，那些麦苗已经枯黄，没有了生命气息。孙向东接过几根看了看，眼泪一下子湿了眼眶。他是农民的儿子，心里对庄稼怀着崇高的敬意。

李龙在一旁生气地说，太不像话了！你拍戏也不能毁坏庄稼，这不是朝农民碗里撒尿吗，还让人吃不？张小梅也嚷嚷，一出事情就怪农民这不好那不好，你不招他惹他，他会跑你门上闹？他得先顾着填饱肚子。

两个年轻人的话显然惹恼了刘满志。他说你们监察局是党的还是农民的？我听你俩的口气好像是和沟村的村民！要不要我把你们刚才的意见给县委魏书记汇报一下？

李龙听了刘满志的话，抹了抹嘴，站到一边去了。张小梅却大义凛然地说，你刘镇长也别拿魏书记来吓我。县委让我们来调查，我们就得公平公正，实事求是。李龙刚才说的和我说的话，在魏书记那里照样说。

刘满志惊奇地看着张小梅，又看了一眼孙向东，挤巴挤巴绿豆眼，咂咂嘴像是咽唾沫，喉咙又像被堵塞了，只好咳嗽几声。我明白了，你们是带着偏见来的。

张小梅说，我们没带偏见，倒是有人戴着有色眼镜。

刘满志在原地上转了几圈，抽完了一支烟，把烟屁股朝地上狠狠地一扔，说，那好，我先回镇上如实给魏书记汇报，就说被你们监察局的同志拦住了！这里就交给你们监察局，有事你们向魏书记去汇报。

说完，他气急败坏地钻进汽车就走了。

孙向东一时不知所措。他倒不是怕刘满志向魏书记打自己的小报告。魏书记不会偏听偏信刘满志一个人的话。他是觉得往下的工作不好进行。一般情况下，县里有关部门到地方搞调查，需要当地镇政府配合。刘满志撒手而去，等于把矛盾全盘端给了他们。这样，即使写出来的调查报告，也会因缺少一方面的支持而没有力度，或者被领导认为不全面。他正在思考着下一步的工作步骤，张小梅提了个建议。她说，孙局长，我有个建议供你参考。刘镇长不是说有个女演员受伤住院了吗？这个女演员叫胡丽晶，就是在微博上发贴子的那个人。我们去医院看看她，从她那里摸点情况。

孙向东马上明白了张小梅的想法。他觉得张小梅的建议有一定的道理。再说，那个受伤的女演员就是发微博的人，找她了解情况也理所当然。于是，他冲张小梅点点头，表示同意她的意见。

李龙也没表示反对。

他们离开现场时，看见小桥对面的人欢呼雀跃，好像打了一场胜仗。

四

网上发贴的女演员叫胡丽晶，与当地方言的狐狸精相近，所以和沟村的村民称她叫狐狸精。其实，她并不是影视演员，真实身份是县城唯一一家四星级宾馆的大堂副理。她的老家与和沟一河之隔，和沟村和她年龄相仿的年轻人中，有一些是她高中时期的同学。孙向东的侄子孙爱东不仅和她同学，还是同桌。她从小天生丽质，人也聪明，由于家庭经济条件不好，缺少劳力，经常被她爸赶着下地帮忙伺候庄稼或者帮忙做家务，上学常常是三天打渔两天晒网，尤其是到了农忙季节，三五天不到校是家常便饭。到了考试的时候，她没少了抄孙爱东的卷子。她虽然也读完了高中，但没掌握高中阶段的实际知识，高考时名落孙山。她在家待了一年，跟着外出打工的乡亲到了广州，先是在一家服装厂干了半年，嫌工作累，收入低，又跳槽到了一家酒店。那家酒店开了间歌厅，她正好遇上一个在歌厅当坐台小姐的老乡，于是介绍她到歌厅当了"三陪"小姐。她到歌厅几个月后，认识了从她老家那边过来的煤老板贾二木。贾二木第一次和她做爱，发现她的身段好，会做爱，又懂得如何伺服男人舒服，和那些经常与男人做爱的女孩子应付差事，匆忙做完拿了钱就走，让男人一点回味也没有不一样。他大为惊喜，动了长期包养她的念头。他先是在县城给她买了一套两居室的房子，又把她安排在他控股的四星级宾馆当了大堂副理，每月还给她两万元钱的零花钱。这些，对于胡丽晶来说简直就是喜从天降。一年过后的一天，她从网上看到一个被老板包养后又遗弃的女孩说，被男人包养也就是做二奶的女孩要想自己的未来，不能仅仅让男人的金钱培养消费，而是要培养事业，不然哪天被男人无情抛弃了生活没有着落。她的心动了。可是，她一时弄不清自己的事业在哪里。她想过当老板，让贾二木为自己开个服装店，可转念一想不适合自己，整天东跑西颠进货发货，又苦又累还赚不了大钱。她又想让贾二木帮她盘个饭店，思考再三也被自己否定了。前不久，贾二木学着一些煤老板、房地产老板，把目光投向了文化产业，注册成立了一家影视传播公司，投资拍摄电视剧。这一下，她的眼前一亮，好像看到了自己事业的绚烂曙光，对着镜子反反复复看了多遍，突然觉得自己那张脸，那个体型就是为了中国的影视事业而生的。哎呀，这不就是中国的第二个章子怡，怎么就没被那些导演发现呢？那些导演的眼睛都掉屁股沟里了？她当然不知道贾二木投资拍摄电视剧的真实目的，还以为自己也会像一些影视演员那样一炮走红，红遍中国影视界。所以，她使出浑身解数，与已经对她有点儿冷淡的贾二木死缠硬磨，非要进剧组当演员。贾二木给了她一个女二号的角色。这个电视剧中的女二号，是打入新四军内部，以护士身份做掩护的日本特务。现在的电视电影中特务盛行，漂亮而又有智慧的女特务更是充斥影视屏幕上。好像当年那些漂亮女人就是为特务这一职业而生的。没有女间谍、女特务就失去了真实性，就没有看点。剧中有一个情节是女特务护士为了获取情报，利用色相，和新四军一个科长恋爱。导演安排他俩故意溜到队伍的后边，在庄稼地里亲热。女特务护士羞答答地给科长一条亲手织的围脖，然后两人亲热地拥抱。女特务护士在前边跑，科长在后边追，虽说俗不可耐，但毕竟罗曼蒂克。投资人贾二木不同意。他说，这他妈的怎么能吸引观众的眼球，得干真的。

导演问，怎么才是真的？

贾二木说，让两人都脱。

导演急了，咱不是拍黄片，拍那种戏通不过审查。再说了，那个年代的年轻人的思想不像现在这么解放，刚恋爱就脱。

贾二木不以为然。他眯缝着眼睛想了好大会儿，抬头看了看庄稼地上绿油油的麦苗，说，那就滚。

导演一愣，滚，你让谁滚？

贾二木说，不是让你滚，是让他俩滚。抱在一起在地里滚，滚个十圈八圈，从地这头滚到那头。

这对导演来说不犯难为。尽管他心里不乐意，还是照着做了。毕竟现在是市场经济，拍电影电视都得有钱，谁投资谁有话语权。你一个导演说白了就是给人家投资人打工的。打工的敢不听老板的？这些年影视圈里，投资人说换老板就换的事例少吗？你导完一部电影一部电视剧，投资人拖欠你的钱的也屡见不鲜。所以，导演只好照着做。最高兴的是胡丽晶，因为这样的镜头容易吸引观众的眼球。她像打了一针强心剂，没等扮演科长的男演员动手，主动上去抱住他，咕咚一声倒在地上就滚起来。她一边滚还一边哈哈大笑。两个人滚出十几米远，导演才喊停。导演说，胡丽晶你笑得太张扬了。按照剧情，现在是在敌后穿梭，走路都小心，生怕弄出声响，还敢像你那样大声地笑？再来一次！

于是，胡丽晶和那个"科长"又抱着在麦苗上滚了一遍。这一遍滚出了二十多米。导演满意了，贾二木不满意。贾二木说，滚远点，多滚几遍。

胡丽晶不干，撅着嘴说，地上有坷垃蛋，还不时冒出个石头块，扎伤了我怎么办？

导演也觉得贾二木有点过分，说，我看了镜头，这段戏拍得不错。两个演员都很有激情，表演得也恰到好处。滚得太远，占得时间太长，审查时也通不过。

贾二木先朝胡丽晶瞪眼，你不愿意干算球，我换人。然后又对导演说，让你怎么拍你就怎么拍。审查通不过，你把这段剪下来，我自己在家放着看，饱饱眼福总可以吧。

导演没办法，只好让胡丽晶和那个男演员再来一次。岂料一次不行，两次，三次，每次都得换一片新地。一连十几遍滚下来。那几十个行军的也被贾二木指挥着来来回回在庄稼地里趟来趟去，长势兴旺的麦苗硬是给踩踏倒了一片……

第一个发现那些穿着新四军服装，从庄稼地里趟过，踩踏倒了一片麦苗，又是第一个与演员动手的是孙向东的亲侄子孙爱东。他从部队复员曾找二叔安排工作，被孙向东拒绝后，就买了辆车跑运输。那天，他从镇子上送货回村，刚巧经过地头，看见了几十号人在小麦地里折腾，马上就冲了过去。哎，哎，你们干嘛在小麦地里折腾，糟蹋庄稼？

刚刚从地上爬起来的胡丽晶白了孙爱东一眼，看不见我们是新四军？

孙爱东认出了胡丽晶，不屑地撇撇嘴，说，就你这样，哼！别说新四军，新五军也不会要你。

胡丽晶也认出了孙爱东，故意挺了挺胸脯，得意洋洋地说，我现在就是新四军，怎么样，不服？等电视剧播放的时候我提前通知你看。

孙爱东的脾气急躁，又压根不想理胡丽晶，就指着导演说，你们把我们的庄稼给毁了，得赔偿。还有，赶快让你的人滚出去。

导演看了看贾二木。贾二木从孙爱东一出现，就缩溜到人群后边去了。他不是怕孙爱东，而是不想让和沟村的人知道这场戏的真正导演是他。你和沟人不是不同意我开出的征地赔偿条件吗？那好，老子就把你的庄稼给毁了，庄稼毁了你吃啥？只有老老实实地服从我的条件，把土地流转给我。他冲停在路边的考斯特车挤了挤眼皮，导演马上心领神会，对那个演科长的男演员说，去，到车上把李县长叫来。

那个男演员打了个愣，什么李县长？

导演说，就是那个喝了酒爱睡觉又打呼噜的大胖子。

孙爱东和胡丽晶刚发生争执，就被放学路过的小英子和王二小看见了。他俩紧赶慢赶几乎是一溜小跑回到村里，把在村外庄稼地里看到的一五一十对王狮子说了。当然，两个孩子人小心眼不小，没少了添油加醋，说孙爱东为了制止那些穿军装和不穿军装的人糟蹋庄稼，被那些人围着打了。王狮子一听，恼羞成怒，一边抄家伙，一边扯着嗓子在村街中心高喊，老少爷们，又有人来抢咱们的地了，还打伤了爱东。长胳膊长腿能走动的都跟我走，誓死保卫咱们的土地！

孙向东的二叔、孙爱东的爷爷孙崇东很平静。他让王狮子等一等，然后把小英子和王二小叫到身边，严肃地问，你俩真看到是穿军装的人？

小英子和王二小不约而同地点了点头。王二小说，骗你是孙子。他们穿得是跟电视里的新四军一模一样的灰军装。

小英子点点头，表示肯定王二小的话。

孙崇东摇摇头，不会吧？新四军在小鬼子投降后就改叫中国人民解放军了。难道是拍电视电影的？

王狮子说，拍电视电影的也得事前给咱打个招呼吧？他们也太不把村长当干部了。

孙崇东闭着眼睛想了一会儿，说，我琢磨着是不是又是那个姓贾的老板出的啥主意。

他这样一说，王狮子急了，说，崇东爷爷您老人家别出面。我先带人过去看看。他们要真对爱东动了手，我就对他们不客气。

孙崇东犹豫着，没有表态。他因年事已高从村党支部书记的位子上退下来了，但是影响还在，余威还在，像王狮子这样他看着长大的村干部遇事总是找他想办法，拿主意。越是这样，他对自己的言行也格外负责任。他说，那你千万别冲动。咱和沟是拥军村，爱兵是咱的光荣传统。他们既然穿着军装，你就得尊重他们。先弄清他们的来路再说。

王狮子嘴里答应不冲动，可是一出村子就冲动起来。他对前呼后拥跟着他的村民说，弄不好这回又是姓贾的狗日的老板使的阴招。他雇人装过警察，雇人扮过土地所干部，目的就是吓唬咱，让咱把地给他。你们给我听好了，要是姓贾的人就打。谁打的最卖力气，老子给谁发红包。

一个村民说，王主任，咱和沟村穷的叮当响，你哪来钱发红包？别是背着俺们老百姓搞腐败了啊？

王狮子说，屁，我拿什么腐败？我是等乡里给我发补助，我把补助拿出来当奖金。

王二小在一旁叫了起来，唏，爸你说好领了补助给我妈去看病的。我回去就告诉我妈你把补助当红包发给别人了。

王狮子冲儿子屁股上踢了一脚，去你妈的。大人的事小孩别跟着瞎掺和。

偏远的乡村里平时没有什么大事，最多就是张家李家因为占地边、盖房子争宅基地或者孩子们打架斗殴而吵一场，现在发生了这么大的

有人研究发现，眼下这社会到处充满诱惑，人就
像身陷在磁场之中，意志不坚定的随时会被来自四面
八方的吸引力拉入陷坑，成为牺牲品。

事，人人都有一种正义感和责任感，仿佛天降大任于斯人也，于是纷
纷加入了队伍之中。浩浩荡荡的一群人从村子里一拥而出，惊得鸡飞
狗跳，一时间闹闹哄哄。

刚走到村外，不知谁叫了一声，真打起来了！王狮子大叫一声，
吃和沟粮食长大的都给我上！说完，带头向地里冲去。

五

的确是打起来了。导演让扮演科长的男演员喊来的那个男人叫李
成长，是分管科教文卫工作的副县长。李副县长和贾二木是中学同学，
还磕头拜过把兄弟，多年来往甚密。贾二木经常约他到城里喝酒吃饭，
酒足饭饱再去泡歌厅，完了蒸桑拿、找小姐按摩……他羡慕贾二木拥
有的财富和自由自在的生活方式，岂不知贾二木就是用这种方式在吸
引他，拉拢他，给他洗脑。贾二木不止一次对他说，你虽然是个副县
长，腰包里穷得叮当响。现在，谁还不利用手中的资源换资本、资金？
你也想想办法，找点资源。你投资源给我，我投资，保证让你很快就
发起来。

有人研究发现，眼下这社会到处充满诱惑，人就像身陷在磁场之
中，意志不坚定的随时会被来自四面八方的吸引力拉入陷坑，成为牺
牲品。李成长就属于那种意志不坚定的人。他不理解在校时学习成绩
比自己差、大学没考上，在村里干活也偷懒耍滑，被乡亲称之为二流
子的贾二木为什么会神奇地成为暴发户，比自己的收入高几百倍，过
得潇洒自在；他不理解本应属于大多数人的公共资源如土地、矿产、
金融产品等等为什么会流到贾二木这类少数人手里，成了他们的个人

资产，还有吹鼓手为他们撑腰打气，有摇笔杆子的为他们宣传，把一顶顶并不合适的帽子戴在他们头上；他不明白同样是人是男人，贾二木为什么可以自由自在地找小姐……总之，他想不明白的事情太多太多。既然想不明白，那就装个糊涂。古人不是说过难得糊涂吗？糊涂归糊涂，但不能白糊涂或者说真糊涂。你既然回答不了这些为什么，不如自己也跟着随波逐流。不能让仅有的资源全让少数人占完了。正是出于这种心态，他开始和贾二木做起资源换资本的交易来。平时，贾二木找他协调一些事情，他都非常积极，协调成后，贾二木给他好处费，而且拍着胸脯说，这事只有你知我知，咱既是同学、老乡，又是朋友，你就放心拿着吧！咱两个人之间的事，你不说我不说，没有人知道。他前几次还犹豫一下，推让推让，后来就不再犹豫，不再推让，有时候给贾二木办事，还大大方方主动与他谈"好处费"。

可是，他一个分管科教文卫的副县长，手里的资源毕竟都是公共资源，再说了，上边虽然强调重视科技、重视教育、重视文化、重视卫生，到了下边也就是到了县一级多少走点样。你一个县能有多少科技资源？你就是全省高考状元县，也比不上人家经济总量大的县吃香。文化就更不用提了，文化局长一见面就诉苦，说是经费一年比一年少，只够吃饭吃药的……

去年，贾二木又找李成长，酒足饭饱后拍着他的肩膀，打着饱嗝对他说，兄弟，机会来了。我看中了你们那儿的和沟村，打算在那儿投资。

李成长说，那熊穷地方，你投资打水漂玩呀？

贾二木告诉他，和沟三面环山，一面环水，离市里和县城都不算

153

太远，尤其是地下有温泉，建个温泉旅游度假村挺适合。再说，和沟村是咱这一带有名的红色旅游景点，知名度本来就高。

李成长一听，眼睛露出惊喜，脸上冒出红光，高兴地说，我早有这方面的考虑，没想到咱哥俩想到一起去了。其实，他压根就没有想过，之所以这样说，是不愿在贾二木面前显示自己的智能比他差。好歹我李成长也是副县长，难道智力还比不上你一个倒腾煤炭发家的老板？还有一个原因，他这样说表示是他先考虑到的这块资源。他说出来，等于是送资源，如果贾二木提出来，就是要来的资源。送和要虽然一字之差，但意义相去甚远。归根结底，他得到的报酬相差太多。他当即表态，这件事情马上向县委魏书记汇报。他并不知道贾二木已经做通了魏丰的工作，是魏丰让他先找李成长，由李成长提出这个方案，魏丰再表态支持。魏丰嘴上说这叫程序，实际上是他做官的一种技巧。当然，魏丰也交待贾二木不要在李成长面前把他抬出来。贾二木嘴上答应，但见了李成长却先把魏丰抬了出来。当今中国社会的诚信之所以差，与那些腰缠万贯的老板把诚信当作儿戏有很大关系。为了追逐利益的最大化，不惜弄虚作假者有之，欺行霸市者有之，当面说人话背后说鬼话的更是大有人在。有的老板舍得在喜欢的小姐身上一掷千金，就是不给辛辛苦苦干了一年的农民工发工资。有钱人被称为精英，精英尚且如此表率，何况没钱的呢？

果然，李成长在会上一汇报，魏丰当即表态支持，还夸了贾二木几句。这个姓贾的老板很有战略眼光，他能在和沟那样一个偏远贫穷的山沟发现商机，说明他是个很成功的企业家，咱们要全力支持！县委书记表了态，其他人不好反对，事情就定了下来，并且决定由李成长负责这个项目的落实工作。

没想到和沟村的村民对征地补偿方案不满意，认为补偿费太低，又没给他们留下发展的余地，或者说不尊重他们的发展权，生活水平也会降低，今后的生活更没有保障。所以，村民一致反对征地。贾二木来几次碰几次钉子，李成长带着工作队亲自来做工作，也被村民拒之村外。贾二木用了过去在别的地方用过的计谋，比如雇人装扮成警察、土地管理所的工作人员，甚至动用了社会上黑恶势力，恫吓、威逼利诱等手段都用了，没想到和沟村的村民不同与以往他遇到过的村民，一见来硬的就熊包，相反是你越来硬的我越不吃你那套，就是不和他签订土地流转合同。不签订土地流转合同，他就拿不到地，施工队伍进不了和沟村的地盘。县委书记魏丰每次听了汇报，都是让李成长去做工作，但每次都强调，千万要晓之以理，动之以情，不能惹出事来。

李成长急是急，也没有好办法。党中央、国务院再三重申要尊重农民的意愿，要维护农民的利益，你一个副县长敢对农民怎么样？万一和沟村农民到市里省里上访，你不撤职也得受个处分。他甚至想过劝贾二木放弃和沟村。可贾二木就认准了和沟，放出话说别的地方土地不要钱我也不去投资。就在为难之际，贾二木提出到和沟拍电视剧。李成长十分精明，马上猜到了贾二木的用意。大队人马朝和沟村一拉，见机行事，说不定征地拆迁的事就成了。剧组出发时，贾二木给了他一套新四军的服装，你也友情客串一把。就你这模样，演个首长还挺像。他也乐得欣然应允。本来电视剧中没有那个首长的戏，贾二木硬是让导演加了几场，也就是主持一下会议，大部队行军时骑在马上转转。没事的时候，他就在车里睡觉。他睡觉爱打呼噜，呼噜打得又响，像打雷一般。有一次，贾二木板着脸对他说，你老兄惹出大麻烦了。他一愣，问，啥麻烦？贾二木摇头，不说。他急了，连问了几遍。贾二木才神神秘秘地说，你把美国情报部门都惊动了。他吓得面如土色，怎，怎么会这样？贾二木扑哧笑了，你打呼噜的声音惊天动地，美国情报局以为咱发明了新式武器呢！

那个扮演科长的男演员把他从车上叫起来的时候，他才知道又出事了。他走到孙爱东面前，上上下下打量了他一会，问道：你是和沟村的？

孙爱东没正面回答，反过来问了一句，你是哪个村的？其实孙爱东认出了他是副县长，来和沟做过村民的工作。

导演在一旁说，这是你们的李副县长。

孙爱东也上上下下打量了李成长一会，咂了咂嘴，嘲讽地说，嗬，李副县长也当新四军了？不过我左看右看不像，倒像打入新四军内部的汉奸特务。哈哈哈，你还是趁早把这身衣服扒了吧。我爷爷见过新四军。他要看你连扣子都扣偏了，军容不整，肯定会骂你祖宗八代。

李成长看了一眼周围的人，发现他们都用疑问的目光看着自己。他的脸唰地一下红到脖子根，眼睛也瞪大了，小子，你那么大个人连话也不会说。我问你话你就好好回答呗。

孙爱东不理他的茬，也红着脸说，我们乡下人穷，我小时候我妈的奶水不够喂我的，不像你城里人又是当官的，奶水不够就喝牛奶，再不然喝狗奶……

周围的人哈哈大笑。胡丽晶笑得腰都直不起来。李成长恼羞成怒，

156

连说了几个你，你，你……这个时候他才发现，如今这社会，老百姓压根儿就不怕你当官的。当官的也不要在老百姓面前神气十足地摆架子。他不怕你，你也没有办法。这年代毕竟不像过去，当官的手里拎着一串大帽子，看见谁不顺眼随手扔一顶给你戴在头上。贾二木为了给李成长解围，向那个扮演科长的男演员挥了挥手。那个男演员不知是误解了贾二木的意思还是想在贾二木面前讨好，上前狠狠地推了孙爱东一把。孙爱东没有防备，脚下打了个滑，幸亏他在部队练过功，人也年轻有力气，一只手撑在地上，才没有让身子倒下。他重新站直身子，指着那个男演员说，你不要动手动脚，再动手动脚，我就对你不客气了。

那个男演员年轻气盛，周围又都是剧组的人，而孙爱东则是单枪匹马，所以也不胆怯，继续对孙爱东指手画脚，嘴里也不干不净。当他的手再次碰到孙爱东的身子时，孙爱东毫不迟疑地抓住他的手，一个倒背，把他摔倒在地上。这一下子惹了火。剧组的三、四个小伙子一拥而上，把孙爱东团团围住，你搡一把，我推一把，有的还偷偷地用脚踢一下。孙爱东左抵右挡，一拳头打在了胡丽晶的脸上。胡丽晶哇哇大叫着躲到贾二木的身后，指着孙爱东骂道，你们和沟村的人就是野蛮。

孙爱东这时才看见贾二木。他心头的怒火烧得更旺，眼睛喷出了火，龟孙子，里外里都是你在捣鬼。

王狮子他们就是这个时候赶到的。村民们和剧组的人一句理也不讲，噼哩啪啦就动起手来。李成长觉得事情闹大了，爬到汽车上用喇叭喊道，和沟村的村民们，站在你们面前的是当年的新四军。你们是拥军优属村，不能用这种方式对待咱们的亲人！听我的，都给我住手！

王狮子说，去你妈的。哪有不爱护老百姓庄稼的新四军，哪有对老百姓动手的新四军？你们是冒牌货，是群流氓。

幸亏孙崇东老人及时赶到，喝令村民先住手，才制止了事态进一步扩大。

胡丽晶在接受孙向东、张小梅和李成的调查时，把责任全都推给了和沟村的村民，尤其是孙爱东和王狮子。不知是不是在剧组混了几天专心学过哭，她边说边哭，时而伤心地嚎啕大哭，时而委屈地抽泣，不过，手里拿着的几张纸巾却一直没用上，因为一滴泪水也没流出来。张小梅也是农村长大的孩子，看着胡丽晶的表演心里直笑。这不就农村那种泼妇要泼时用的手段吗？在农村，不叫哭，叫干嚎。她说，小胡你也别哭伤了身子。我们刚才问过大夫，大夫说你没有什么严重的伤情，想出院现在就可以办手续。

胡丽晶说，我才不出院呢。我干爸说了，啥时候和沟的农民认输了，答应签土地流转合同了，他啥时候来接我出院！

她说的干爸是贾二木。贾二木外号贾三多：钱多、房多、干女儿多。李龙不知是故意装作不懂还是真的不懂，问，你干爸是谁？

胡丽晶白了他一眼，神气活现地说，姓贾，咱县城最有钱的老板。

李龙不满地说，你们这不想着法儿坑农民讹农民吗？你也是农民的孩子，拍着胸口想想这样做对吗？

胡丽晶瞪了李龙一眼，说，谁是农民的孩子？我们家在城里买了房，早搬城里住了。你看我穿的用的还有长的，哪点儿还像农民的孩子？说话也不怕闪舌头。她说着，拢起长长的头发，故意放在鼻孔前闻了闻，好像想让李龙知道她的头发丝上都没有乡土气息了。

李龙还想讽刺她几句，被张小梅用目光制止了。张小梅问她，你怎么会想着把这件事发在网上呢？

胡丽晶的目光掠过一丝惊慌，把脸转向窗外，嘴里却喊着，护士，护士！

护士进来后，她在床上又是翻身折腾又是两脚敲击着床沿发脾气说，你们医院对病人一点儿也不负责任，我的病没好，就让我接待客人。我现在头疼得很厉害，想睡觉，你把客人送走。

李龙想发火，张小梅也一脸不满。孙向东朝他俩示了个眼色，冲门外摆摆手，然后一手推着一个推出了病房。他们到了门口，就听见胡丽晶在给谁打电话，老公，我受不了啦！求求你别让我装病啦。

护士讨厌地嘀咕道，一个晚上也没在医院待过，药也不吃针也不打，哪来的病？

李龙和张小梅都看了孙向东一眼。孙向东不动声色。毕竟他在官场待了多年，从容镇定，具备遇事不惊不慌这个基本素质。不过，他对这件事情的来龙去脉心里已经有了数，而且也有了一个初步的考虑。

六

孙向东怎么也想不到，自己家里先闹翻了。

他刚刚简明扼要地说了这次回和沟村调查的原因，孙爱东就一蹦三丈高，日祖宗操奶奶地把贾二木和李成长、刘满志骂了一遍。他说，让贾二木个孬孙能使的点子都使出来吧！他不就是想占和沟的山和沟的水和沟的地吗？有理咋不光明正大地来，一会儿扮个假警察，一会

儿装个土地爷，这回狗胆包天又演新四军。那个姓李的副县长、姓刘
的镇长都收了他的好处，帮狗吃屎！就这样不能帮老百姓的熊官，天
天人模人样、衣冠楚楚，以为老百姓怕他，其实老百姓不跟他计较。
老百姓心里压根儿就瞧不起他们。不然怎么都不听他们的……

坐在一旁树墩上的孙崇东火了，冲孙爱东吼道，你不说话你叔也
不会把你当哑巴。

孙爱东说，凭什么不让老百姓说话？

孙崇东想站起来，孙向东上前扶了他一把，让他重又坐好。然后，
坐在他旁边的凳子上，对孙爱东说，爱东，你先动手总不是理吧？

孙爱东急了，肯定是那个狐狸精说的。她满嘴跑火车，一句实话
也没有。接着，他把那天发生斗殴事情的来龙去脉说了一遍。他说的
时候，孙崇东铁青着脸，仰头看着天空，好像在寻找什么。

孙爱东说，那个狐狸精不光在麦地里滚，还大把大把地把麦苗薅
了朝天上乱扔，嘴里不干不净地骂，你们守着这麦苗变钱吧，变狗屎！
李成长作为副县长，一句屁话也不说。

小英子在一旁说，我哥说得一点没错。那个女的可厉害了。

孙爱东说，李成长从车上下来，见了我就瞪眼，不分青红皂白训斥
我。我刚顶了他一句，有个男演员就上来推我。明明是他们先动的手。

孙崇东说，他们先动手你也不该动手。我天天怎么交待的你？吃
亏人常在。

孙爱东感慨万端地发牢骚说，当一个小小老百姓真难。

这时，孙向东清楚地看到，两颗硕大的泪珠从孙崇东的眼眶里勇
敢地跳到地面上，在浮土上砸了两个清晰的坑。也许是怕孙向东看见，

他赶紧抹了把脸。其实，孙向东看得明明白白，心头上像浇了一盆冰水，打了个寒颤。他了解自己的二叔。抗日战争期间二叔就加入了儿童团，站岗放哨查路条，冒着生命危险过敌人的封锁线为新四军送信。解放战争时期，二叔作为民兵队长，带着父老乡亲同还乡团斗，还多次上前线救护伤病员，身上几次负伤。解放后，组织上曾经想安排他到乡政府工作，被他婉言谢绝。时任县长劳继几次亲临和沟做他的工作，想说服他。他说我一个残疾人，走路都不方便，要是给老百姓办事把事耽误了，不是给党抹黑吗？这样，他留在了和沟村，一直做了几十年党支部书记。他对党的忠诚绝不容怀疑。眼下，他流泪是因为一些县、乡干部不替老百姓说话办事。在那样一支演员队伍中出现副县长李成长，孙向东自己何尝又不难过？

孙崇东挥了挥手，让孙爱东和小英子到外边去。他两眼盯着孙向东，语气充满了不安，问，还有办法吗？

孙向东清楚地知道二叔问话的意思，一时间有些激动，点点头说，有办法。我们党对腐败现象历来抓得比较紧，查得比较严，处理也不手软。

孙崇东点了点头，咕噜了一句，人心，人心啊……

孙向东从孙崇东家出来，身上感到沉甸甸的，步子也有些沉重。他环顾了一下生养自己的村庄，突然觉得脸上一阵发烧。那熟悉的村街上，落满了他和小伙伴们天真无邪的笑声；两边的老柳树的枝叶上，挂满了他和小伙伴们快乐无比的歌声。过去，他每次回家乡来，人一进村就下了自行车，村街两边的老少爷们见了他都是亲切的问候，热情的笑脸，往往到了门口时，自行车的前后杠和座子上像吊在树上的小猴子一样爬了七、八个孩子。那火热的乡情，悦耳的乡音，让他心里暖烘烘的。可是今天不同以往了，人们看见他就像陌生人一样，有的只是冷漠地点点头，有的爱理不理，有的甚至装作没看见，让他心里有一种失落感。

他和李龙、张小梅同王狮子的谈话也是时断时续。王狮子死活不承认那天打人打错了。他说，我打的又不是新四军，而是打的流氓、强盗，你说我哪儿错了。

李龙说，你打谁也不对。

王狮子一下跳起来，小子你回家问一问。你们家进了小偷，你老子难道还给小偷跪下磕头不成？又说，我看你们也不是替老百姓说话。

张小梅说，王主任你甭急。你说说怎么才算替老百姓说话？

王狮子说，我崇东爷爷上次就对李成长和刘满志说过，你在咱这儿搞旅游开发，咱不是不欢迎。现如今种一亩庄稼能挣几个钱？靠着种庄稼啥时候能致富？

李龙说，对呀，这不是很通情达理吗？怎么一动真的要征地就反对呢？

王狮子说，崇东爷爷说了，党中央、国务院的政策说得明明白白，要确保被征地农民生活水平不降低、长远生计有保障，你们好好琢磨、研究一下怎么样给农民留下发展权，而不是什么好处都想占，什么利益都拿走，农民还会反对吗？

孙向东听了心里有些不安，弯腰在地上拣起一块小石头，狠狠地扔了出去。他的这一举动让李龙和张小梅两个部下惊异地睁大了眼睛。一向沉稳的孙局长怎么突然像个孩子一样？其实，孙向东是在排泄对自己的不满。他二叔孙崇东没有把这些道理说给他，大概是因为给李成长和刘满志说过，没起到效应失望了，而他也没有静下心来好好听听二叔这位农村老干部的意见，开诚布公地谈一谈，不能不说也是一个失误。因为，他从小就崇拜二叔。在他心目中，二叔是个英雄式的人物。不管是晴天还是刮风下雨，二叔在大门口扯着嗓子一声号令，村民们就会拿着干活的农具，浩浩浩荡荡地朝地里走去。那一时刻，二叔在他心中就是威风凛凛的司令。村民们邻里之间常常为了些鸡毛蒜皮的事争吵，吵着吵着就动起手。只要二叔朝他们面前一站，争吵的双方就会自动分离，灰溜溜地钻回家去。那一时刻，二叔在他心中就是个说一不二的大家长……实行联产承包责任制以后，二叔的影响力明显减弱了，但村民们遇到大事小事还是找他商量。那时，孙向东已经离开家乡去读大学了。村里另一位读大学的伙伴曾感叹地对他说，你二叔为啥影响力不散？我研究了好久才找到真谛，那就是他老人家说话办事都为老百姓着想，就是在处理一些家庭纠纷问题上，老人家也是小葱拌豆腐一清二白。官大官小，只要心系老百姓就好。孙向东想，在土地征迁这样事关农民切身利益、长远利益的问题上，乡镇领导也好，老板也罢，为什么就不能听听这些老同志老干部的意见呢？

孙向东再次登门，孙爱东瞟了他一眼，对他这个当叔的连一声招呼也没有，就转身做他自己的事情去了。孙爱东的父母、孙向东的堂兄堂嫂在县城打工，所以家里只有他、爷爷和叔叔家的小英子。孙向东顾不得面子和礼节，直接钻到屋子里，走到孙崇东的床前。

孙崇东不知是因为上了年龄怕冷，还是真的生了病，身上盖了两层被子，头上戴着棉帽。他对孙向东说，我就猜着你还会来找你二叔。

孙向东叫了一声二叔。

孙崇东说，二叔是不是不中用啦？

孙向东说，没有二叔。我是想先摸摸情况再给您老人家交换思想。

孙崇东笑了笑，说，咱老孙家的人到啥时候都得本本分分。当官也好，当百姓也罢。我就琢磨着你不会为了保住自己头顶上乌纱帽，昧着良心说假话。王狮子说我向东叔这回咋带着有色眼镜来搞调查？他不会也和贾二木那些人穿一条裤子吧？我说不会。我老孙家出去的孩子身上流的血是红的。

孙向东的眼睛有些潮湿。

孙崇东咳嗽了一阵，喊孙爱东进来，吩咐他说，你在平车上铺上稻草，铺厚实一点，我和你叔到地里走走。

平车就是北方农村常见的平板车，中间两个轮子，前边一副车把，有时候拉重载再加上一根绳子当绊放在肩膀头上。孙向东和孙爱东一起把孙崇东扶到车上，身子埋在稻草里，上边又加了床被子。孙爱东刚把车绊儿放在肩膀上，孙崇东冲他摆摆手，说，你在家待着。这样，拉车的活儿就落在了孙向东肩上。他已经有十几年没拉过平车，好在车上只有孙崇东一个人。一个人拉一个人显得不太吃力。不过，县里一个大局长拉平车，怎么说也是少见的稀奇事，所过之处，自然都是惊奇的目光、赞叹的目光。毕竟好久没拉过平车，还没到村头，孙向东觉得浑身上下热乎乎的开始冒汗了。他一会用手抹一把汗。这时，他领会到了二叔的良苦用心。他这一趟力没白出，汗没白流。

果然，村外地头上守护麦苗的人们这回见了孙向东，比上回热情了许多。认识他的上了年纪的人亲切地叫着他的小名，不认识的孩子也大爷叔叔喊得亲切。王狮子上前用力夺过车把，把孙向东推开，说，向东叔，这种粗活不是你干的。你对崇东爷爷有这份孝心就足够了。他心里一阵滚烫。老百姓多么可敬可爱啊！他们对当官的并没有太高的要求太多的奢望，只要你没有架子，不存心欺负他们，他们就觉得你可以亲近。

孙崇东在地头下了车。王狮子指着被贾二木拍戏毁伤的庄稼，感慨万千地说，这些庄稼没有得罪他们。他们下手也太过分了。真正的新四军不会干这种事情。

孙崇东没接王狮子的话，而是直截了当地说，搞旅游开发是好事。可是好事你得朝好里办。国家的利益、老板的利益、老百姓的利益都得兼顾好了。

孙向东说，二叔，您老人家有什么想法？

孙崇东说，我没经历过这种事，也没啥经验。我是从当年新四军搞减租减息，解放初搞土地改革受到的启发。我想了个一二二。他眯着眼，掰着指头，说，一就是给村里留一块地。这块地不是给哪一家一户，是给村里。村里用这块地建个酒店，村民人人有股份，年年能分红利。这不就解决长远发展的问题了吗？

孙向东边听边点头。一阵寒风吹来，孙崇东打了个寒颤。孙向东马上脱掉身上的短大衣，想给他披上，被王狮子挡住了。王狮子三下五除二脱下军大衣给孙崇东穿上，又给孙崇东点了支烟，崇东爷爷，抽一口，就一口。

孙崇东说的二，是指两个留下，就是村民能干的，不一定要开发商非拿走的，给村民去干。一是扶植村里办企业，像园林绿化、土石方、建材、土地平整这些活，农民不是不能干，干了就受益。二是保证村民的发展资源。你搞旅游开发，村民可以搞些服务项目，这样就有了相对稳定的收入。后来，孙向东把它总结为给被征地农民留足发展机会和发展资源，并且在全县推广。

孙崇东说，你搞旅游开发，把商业机会优先给被征地的村民，让他觉得日子比过去过得好，越过越好，他还拼命反对你吗？

王狮子插话说，一开始我们就给镇政府反映过，你们不能给两个补偿钱就不管了，这不是一脚踢开吗？咱这里不像近郊的农民，早和城市融在一起了。咱这农民一失地，生活哪来保障？

孙崇东接着又说了第二个二。一是一家安排一个青壮年就业，没有青壮年就业的，村集体分红时也能领一份红利；二是从土地出让金中提取养老保险，让老人和子女都没了后顾之忧。

孙向东认为孙崇东提到的几点丝毫也不过分。他和李龙、张小梅开了个小会商量了一下。两个年轻的同事都表示赞成。李龙说，有些地方搞征地拆迁改革很成功，海南有个陵水县的征地拆迁模式还上了报纸。人家的县委书记说得好，不是没有解决征地拆迁问题的政策工具，关键是一些地方领导的执政理念出现了偏差。党中央、国务院明明有大政方针嘛！

三个人商量了一下，决定先找贾二木谈谈。

没想到找贾二木一谈，贾二木不同意。贾二木说，狗屁！我凭什么给他们优先发展权？让我把最好的地块留给他们，我吃什么？

李龙说，留给当地农民的不到十分之一，对你根本就没有太大影响。

　　贾二木说，别说十分之一，百分之一、千分之一也不行。我是商人不是慈善家，更不是他们的儿子孙子。亏着哪个少脑子缺心眼的想出这样的馊主意。

　　李龙严肃地说，你说话注意点用词。

　　贾二木瞪了他一眼，拿着手机到门外打电话去了，屋子里的气氛一时十分凝重。李龙气得呼哧呼哧喘粗气，张小梅也一脸的不悦。孙向东朝他俩摆了摆手，说，做咱们这个工作的，好话孬话都得能听进去。不愿听或者不想听的话，权当闻了个臭屁。他的话说得李龙和张小梅轻轻笑了。

　　贾二木那个电话打了有五、六分钟，最后拿着手机进来，对孙向东说，孙局，你接一下，李县长找你说话。

　　孙向东犹豫了一下，接过了手机电话。他刚喂了一声，李成长就砰砰砰地像机关枪一样发了火。我说孙向东你是不是想搞以权谋私啊？让你去调查袭击新四军的事件，查出幕后指使人然后绳之以法，推动旅游度假村开发工作。你倒好，替你老少爷们争起利益来了，还威胁人家投资人。

　　李成长的声音很响亮，站在孙向东旁边的张小梅和李小龙都听得十分清楚。他俩有点沉不住气了，孙向东却神态自若，一句话不反驳，也不辩解。其实他这种态度本身就是最好的反驳、最好的辩解，同时更容易让对方着急上火。果然，李成长见他不说话，脾气更大了，声音也更响了。老孙啊孙向东啊，你不要辜负了魏书记和县委对你的信任。最近县里要调整一批干部，你是在领导的视野里的。这件事如果你处理不好，那可就危险了。说完，他挂断了电话。

　　贾二木也听见了李成长的话。他冲孙向东得意地笑了一笑，一语双关地说，孙局长，咱俩都是关键时刻呀！

　　孙向东也冲他笑了笑，坦诚地说，贾老板，我还是希望你认真考虑一下我们的建议。我们现在要建设和谐社会。和谐社会首先要考虑利益分配公平、公正。这些道理你不一定比我懂得少。就算从长远来说，农民得到了合理、合法的利益，他们会自觉地保护自己的利益，比如度假村的建设质量、环境、治安、就业秩序等等，这对你来说也是有益的。

　　张小梅接上说，就说这一次，和沟村村民不是攻击新四军，甚至可以说不是攻击新四军演员，而是在保护自己的利益。

　　贾二木火冒三丈，指着张小梅说，我看你不像县机关的干部，倒像和沟村那一带的土匪派来的卧底。

　　这回孙向东被激怒了。他重重地拍了一下桌子。桌子的几只茶杯惊慌地跳了几跳，有一只吓得滚落在地上，叭嚓摔得粉碎，还有几只茶杯虽然没掉下来，也心有余悸地晃了晃。他怒不可遏地说，贾二木，我希望你说话注意分寸，不允许你这样污辱和沟村那一带的百姓。你既然要到和沟搞旅游开发，就应当事前了解了那个地方的历史和风土人情。你知不知道，和沟村的老百姓当年对新四军给予了多大的支持，付出了多大的牺牲？只有日伪军和国民党反动派才把和沟村百姓称为匪！今天，他们维护自己的合法利益，要求发展权利何错之有？由于火气太大，他说着说着嘴唇发青，浑身颤抖。

　　贾二木好像害怕了，拍了拍屁股抬腿就走。不过，他临出门又惊慌地回头瞟了孙向东一眼，嘲讽地说，孙局长，别急出心脏病来啊！

七

李龙和张小梅都建议孙向东先回县委向魏丰书记汇报。李龙说，恶人先告状，弄不好有人栽赃陷害，朝你身上泼脏水。

张小梅理智一些，劝孙向东说，孙局，你经常教育我们要讲究原则。我觉得回去拿县委的尚方宝剑是上策。

孙向东沉默了一会，说，我们必须先拿出一个方案，这样在汇报时才能做到有针对性，同时又有根据。我们是给领导做参谋和助手的，如果不敢负责任，什么事都朝领导那儿端，还不把领导累死！

没想到李龙刚打开手提电脑看了几眼就蹦了起来。他说，孙局长，这工作没法子干了。

张小梅见李龙惊奇的样子，推开李龙，好奇地趴在电脑屏幕前看了一眼，也板起了面孔，说，真是个唯恐天下不乱的人。

孙向东低着头在改稿子，好像没听见他俩说话。过了一会儿，李龙确实憋不住了，悄声问孙向东，局长，你怎么也不问问发生了什么事？

孙向东头也没抬，平静地说，不管发生了什么事情，毕竟已经发生了，我现在手头有重要工作，早知道和晚知道一会有什么关系呢？

李龙踌躇了片刻，说，和你有关系。

孙向东这才放下笔，抬起头看着李龙，示意他说下去。

李龙说，县域网上出现了几个贴子，说你以权谋私，暗中指使和支持和沟村村民与政府对抗。你亲侄子调戏女演员，打伤了新四军，你不但不处理，还包庇、怂恿……

孙向东笑了笑，说，是嘛，看来我的问题很严重。

张小梅说，这些无中生有的言论怎么能上了县域网，监管部门也不追查一下谣言的源头？我找他们说说。

李龙说，网上把我们商量的方案也贴上去了。这本来是在内部小范围商量的事，怎么能发到网上呢？肯定是知情的人干的，想给我们施加压力，主要是对你施加压力。

孙向东摆摆手，不用了。他们不是把我们提出的方案也摆到网上了吗？对征地农民采取留地安置、就地就业、入股分红这些方式到底可行不可行，让网民们充分讨论一下也是好事。停顿一下，又说，我们的各项决策如果能够公开透明，事前广泛征求群众的意见，也许更利于减少失误。

李龙说，这样对你可能会有负面影响……

孙向东若有所思地望着窗外。窗外的天空一碧如洗，一群大雁排成人字形飞过，预示着春天已经走近。他没有再说什么，低下头继续改稿子。

张小梅给李龙递了个眼色，示意他到门外说话。两个人在门外嘀咕了一阵，张小梅回到屋里向孙向东请了个假，说是要回去一趟，然后就告辞了。

当天晚上，孙向东在镇上召集镇政府、投资方、和沟村民代表等三方座谈会，研究和沟村征地拆迁补偿安置相关工作。贾二木没有到会，连个代表也没派；刘满志也没有到会，只派了一位分管的副镇长参加。贾二木和刘满志都撂了话，先处理打伤新四军演员的事情，签订土地流转合同，再谈补偿和安置。这无疑是给孙向东出难题，也反映了他们没有诚意。

王狮子气得破口大骂贾二木是流氓老板。你小子能耐再大，也不能让我们先签订土地流转合同，天下有这种不讲理的事吗？

孙向东心里明白贾二木和刘满志在向他挑战。他没有发火，也没有宣布休会。他耐心地对与会人员说，我们是开会商量事，不是赌气，也不是针对某个人，目的非常明确。所以，希望大伙平心静气，有意见摆在桌面上。

一开始，刘满志派来的副镇长就表了态。他说，我只是代表刘镇长来参会，说白了就是刘镇长的耳朵，你们说，我认真地听，保证原原本本带给刘镇长，一点也不贪污。

接下来，王狮子发言。他说出的基本上是孙崇东的意见。不过，由于心里不平衡，怨气很大，他没少了加上几条个人的要求，当然也是用全体村民的名义，而且说话时不时冒出一两句脏话。每听到这里，那位副镇长就皱一皱眉头，张小梅也会瞪他一眼。孙向东没有计较他的态度，只是在觉得他的要求有些过分的时候才打断他的话，或者给他耐心地讲道理，或者严厉地批评他。孙爱东和其他两位村民代表倒是很配合，没有提过分要求。王狮子渐渐地成了少数派，态度才缓和平静下来，协商也正式进入实质性阶段。镇土地管理所的负责人对孙向东他们提出的方案非常支持，说这是个创新。过去那种征地实行单一的货币补偿的办法的确应当改革了。我同意留地安置这种新思路、新办法。这才更符合党中央、国务院提出的"确保被征地农民生活水平有提高，长远生计有保障"的精神。到后来，连那位代表刘满志来听会的副镇长也转变了看法，支持留地安置、换地安置这样一种新的征地拆迁安置模式。

散会之后，李龙和张小梅连夜加班整理出了一份会议纪要。纪要中提出，各方的意见一致认为，在当前我国社会保障体系尚不完善的情况下，土地仍是农村发展的最基本生产资料，是农民长远生计的最根本依赖。被征农民获得的补偿，必须能够替代基本生产资料和基本生活保障两大功能。要改变仅仅给被征地农民发放一笔安置补助费、让他们自谋出路的"一脚踢"做法，除了给予一定的货币补偿外，还应根据被征地后农民失去的农用地发展权留置或置换相应的建设用地发展权，并在规划、产业等方面给予相应的支持，确保被征地农民发展权益的实现。这是党中央、国务院的有关要求，符合现阶段征地拆迁安置的实际。

孙向东一行带着会议纪要回到县里已是夜间十一点多钟。他见魏丰的办公室灯还亮着，就给魏丰打了个电话。魏丰听孙向东说找到了一种好的方法，非常高兴，当即让孙向东到他办公室汇报。他看了会议纪要后拍案叫好，说，老孙，你们不虚此行，短短的时间内就弄出了这么个好玩艺，不光和沟的征地拆迁安置好办了，全县其他地方再有征地拆迁安置也都不难了。

孙向东实事求是地回答说，这不是我们三个的发明，是从老百姓那里得来的好主意，又经过基层一些部门集思广益，才形成了这样个东西。

魏丰深思了片刻，深有感触地说，只有利为民所谋的政策才能得到老百姓的拥护呀！说完，他给县委办主任打了个电话，让县委办主任明天一早通知召开县委常委会，研究新的征地补偿安置办法。县委

并非虚构

办主任告诉他，魏书记，您明天有接待任务。老省长要来，还要去和
沟村看看……

魏丰果断地说，请老省长先休息，我开完会再去接待他。我相信
老省长知道了会很高兴。

李龙在一旁插话说，这个方案贾老板不同意。

魏丰愣了一下，问孙向东，是吗？

孙向东点点头，说，他还是坚持过去那种单一的货币补偿办法，
还想压低地价……

魏丰没等孙向东说完就变了脸，严厉地说，这不能由他说了算。
让李成长做做他的工作。他要是实在不愿意，那就请他再选择投资
地方。

孙向东长长地舒了一口气。

后来，孙向东才知道，老省长劳继看了"内参"后，让人到和沟
村了解了真实情况和孙崇东的意见，然后给魏丰打了个电话，严厉批
评了魏丰一顿，说他不做深入调查研究就乱批示。魏丰虚心接受老省
长的批评，采纳了孙向东他们的意见。

尾 声

第二天的县委常委会上，常委们一致通过了新的征地补偿安置
办法。

贾二木并没有放弃在和沟的投资，而是接受了新的征地补偿安置
办法。不到半个月的时间里，和沟村就完成了征地工作。让贾二木想
不到的是，不仅没有出现过去在一些地方曾遇到过的村民为了多得补

偿费，在地上临时抢种庄稼和树苗，一夜之间多出几千棵甚至几万棵树苗的情况，迁坟等工作也进展得相当顺利……

和沟村征地拆迁补偿安置办法的创新，受到了省、市各级领导和有关部门的肯定，又一次上了"内参"，省国土资源厅还在和沟村召开了现场会，推广和沟的经验。

孙向东在党校学习结束后回到县里的第二天，县委书记魏丰找他谈话，告诉他的工作有变动，到县工商联任党组书记。魏丰说，工商联的工作很重要，老孙你一定要正确认识，不要有什么思想情绪啊！

孙向东愉快地接受了这次工作调整。不过，李龙和张小梅为他打抱不平，认为对他安排的不合适。李龙说，听起来又像虚构的故事……

原载《特区文学》2012 年第 2 期